SUPRIYANTI, S.PD, DKK

# UNTAIAN TITIK KEHIDUPAN

*Rangkaian Kisah-Kisah Menggugah*

PIMEDIA

**Untaian Titik Kehidupan (Rangkaian Kisah-Kisah Menggugah)**
**Supriyanti, S.Pd, dkk**


Penyunting: Ikhwanul Halim
Desain Sampul & Tata Letak: Tim Pimedia

Diterbitkan oleh PIMEDIA Bandung
2023



Dicetak oleh PIMEDIA Bandung.

ANTOLOGI CERPEN

# UNTAIAN TITIK KEHIDUPAN

*Rangkaian Kisah-Kisah Menggugah*

Supriyanti, S.Pd., Apriliyantino, Fidèlé Amour, Maunah, Mikaila DN, Hiro, KakaLi, Padilah Apriyanto, Peter Lei, Dwi Lestari, Ekha Sulthony, Padilah Yusuf, Nun Lilisula, A.M.K.L., Listyaningsih, Isma Syifa, Nureka Rahayu, Kasmi Bintang Abadi, Thoifatunnisa, Dina Ligar Wirana, Anita Rudin Kalola, Lena Mahda, Trisni Suyanti, Mitha RhezQy, Ririn Astriyani, Shafa, Cicik Tata, Aliyatul Rochma, Niken Habsari, Sari Petarukan, Abd. Gawi Lilisula, U.S. Mariana Dewi, S.S., Yulia Malawat, Inoer, Haryadi

# Prakata Penulis

*Bismillahirrahmanirrahim,*

*Alhamdulillah,* segala puji dan syukur kami panjatkan kepada Tuhan Yang Maha Esa karena atas rahmat, nikmat, dan kasih sayang-Nya, sehingga kami dapat menyelesaikan antologi cerpen ini dengan baik. Selawat dan salam semoga senantiasa tercurah kepada Nabi Muhammad saw., beserta keluarga dan sahabatnya hingga akhir zaman, dengan diiringi upaya meneladani akhlaknya yang mulia.

Buku yang berjudul "Untaian Titik Kehidupan" ini merupakan kumpulan dari beberapa cerpen dengan tema perjuangan. Kumpulan cerpen tersebut memiliki kisah yang menarik untuk dibaca dan menguras emosi para pembaca sekalian. Antologi cerpen ini bisa tercipta karena kerja sama para penulis, dukungan dari berbagai pihak. Semoga ke depannya penulis mampu melahirkan karya yang lebih baik lagi dan lebih bersemangat dalam berkarya, khususnya merangkai aksara sebagai sarana meninggalkan jejak di cakrawala literasi Indonesia.

Tiada gading yang tak retak. Kami menyadari buku ini masih jauh dari kata sempurna. Kritik dan saran, dengan senang hati kami terima. Besar harapan kami antologi cerpen ini bisa diterima dan disukai para pembaca sekalian. Terima kasih kepada semua orang yang berpartisipasi membantu terbitnya buku ini dan untuk setiap pembaca, semoga Allah Swt. selalu memberkahi kita. Aamiin. Selamat Membaca.

Salam literasi

Palembang, Juli 2023

Penulis

# Daftar Isi

# Wujud Nyata Sebuah Mimpi

Supriyanti, S.Pd.

*Semua mimpi kita bisa menjadi kenyataan jika kita memiliki keberanian untuk mengejarnya. Tuhan tidak akan pernah memberikan sebuah mimpi yang tak mampu kita gapai.*

Meraih mimpi tidak semudah bermimpi. Adakalanya kita hanya bisa menelan pil pahit kenyataan bahwa mimpi itu tidaklah nyata dan tidak bisa kita nyatakan. Namun, mimpi tetaplah mimpi. Kita membutuhkannya untuk bisa bertahan melawan arus kehidupan ini. Mimpi itu suatu hari akan mengarahkan kita ke jalan yang tidak pernah terduga.

Aku percaya, semua berawal dari mimpi, bahkan mendampingi hidupnya saat ini juga merupakan sebuah mimpi indah dalam tidur panjangku belasan tahun yang lalu ketika aku hanyalah seorang ABG (Anak Baru Gede) labil yang masih menggunakan seragam putih-biru (SMP). Mimpi yang kukira hanya akan menjadi bunga tidur yang menemani lelapnya malam-malam panjangku.

Bukan hal yang mudah memang, dan aku hanya bisa melihat dia dari kejauhan. Mendayung sepeda *Phoenix* kesayangannya menuju sekolah. Dia lelaki terhebat di mataku dan aku bagai si punguk merindukan bulan. *He's perfect but I'm so ugly.*

Namun, harapan muncul ketika dia telah lulus SMA. Sore itu dalam lembayung senja yang merenggut cahaya matahari bergantikan rembulan, dia tersenyum untuk pertama kali padaku. Sekilas lalu, tetapi sampai hari ini aku masih bisa merasakan hatiku terasa menghangat dan kupu-kupu beterbangan di sel-sel otakku.

Semenjak hari itu, mimpi tersebut semakin besar dan berkembang menjadi mimpi-mimpi baru. Aku seperti berada di awang-awang yang tidak pernah menemukan pijakan. Terus melayang tanpa ada yang bisa mengontrol bunga-bunga yang bermekaran indah di hatiku.

Akan tetapi, takdir hanya sebentar berpihak kepadaku. Seiring konflik yang semakin memanas di negeriku tercinta ini, dia harus menjauh dan bersembunyi di kejamnya belantara hutan. Perang membuat bayangnya semakin jauh untuk bisa kugapai. Pemuda-pemuda seumuran dia sangat rentan jika tetap memilih tinggal. Nyawa menjadi taruhan.

"Seandainya kita dianugerahi umur panjang, Abang jemput kamu setamat SMA. Doakan aku selamat sampai akhir perjuangan!"

Itulah yang kubaca dalam suratnya yang dititipkan terhadap teman sejawatku saat itu. Air mata tidak lagi bisa kutahan melepas kepergiannya tanpa bisa bertemu untuk terakhir kalinya. Namun, melalui surat ini aku paham. Ada penantian yang harus kujaga meski aku sadar banyak di antara mereka yang pergi tidak lagi bisa kembali.

Kepergian seperti ini selalu berakhir menyakitkan. Aku tidak lagi mendengar berita tentangnya setelah itu. Jejaknya hilang bak ditelan waktu. Meski SMA telah kutamatkan dua tahun yang lalu, mimpi itu masih ada. Mimpi yang terus kusirami agar tetap tumbuh subur dalam hati karena sebagian diriku pesimis dia bisa kembali. Memang ada satu titik kecil di hatiku yang yakin dia akan datang lagi. Aku mengharapkannya menjadi nyata suatu hari nanti, yang entah kapan aku pun tidak pernah tahu.

Dalam doa, selalu kusertakan namanya. Kutolak semua lamaran yang datang, aku menantinya. Ibu hanya bisa mendukungku kala itu meski dia selalu mengingatkan agar aku berhenti berharap. Aku tahu ibu sangat mengkhawatirkan keselamatanku karena perawan sepertiku ini sangat rentan dalam kondisi yang belum menunjukkan tanda damai.

"Ikhlaskan, Nak." Itulah petuah yang selalu coba Ibu tanamkan dalam diriku.

"Tidak aman anak perempuan sepertimu masih tetap melajang dalam keadaan perang seperti ini." Begitulah nasihat lain yang sering kudengar darinya.

Aku tetap bergeming. Aku percaya mimpi. Kuakui semua ini tidak mudah dan terasa akan berakhir sia-sia. Apalagi beberapa anggota bersenjata muda yang tinggal dan menetap di kampung kerap mampir di rumahku dengan berbagai alasan. Salah satunya agar bisa bertemu dan mengobrol denganku. Bahkan aku hampir goyah untuk segera menikah ketika ada salah satu dari mereka terang-terangan merayuku untuk memadu kasih. Keadaan yang seakan memaksaku melepaskan mimpi yang telah kujaga erat sedari dulu.

Lagi-lagi aku bertahan karena seluruh hatiku menolak untuk berpindah. Namanya seakan sudah terukir permanen di dalam sana yang membuat aku tidak berkutik sedikit pun. Bagiku hanya dia yang pertama dan satu-satunya pria yang bisa menggetarkan dadaku dari dulu dan masih sama hingga kini.

Rasa ini tidak goyah meski banyak alasan yang memintaku berubah. Hingga kemudian, bencana yang juga kami anggap anugerah bagi rakyat saat itu, Tsunami melanda daratan Aceh. Musibah inilah yang menjadi awal mula perjanjian damai yang dituangkan ke dalam *MoU Helsinki* yang pada akhirnya menyebabkan perang itu berhenti, tetapi dia tidak juga kembali.

Di saat harapanku mulai sirna, aku berpikir saat itulah mimpi tersebut harus dikubur bersama kenangan yang pernah ia tinggalkan untukku. Dia telah pergi dan tidak mungkin lagi kembali. Barangkali dia telah bahagia dengan keluarga barunya di belahan lain bumi ini, atau bisa jadi dia sudah tenang di dimensi lain hidup ini bersama cinta kami yang tidak mungkin lagi bersatu.

Namun, keajaiban itu datang. Entah dari mana aku tidak tahu. Dia pulang dengan perawakan yang jauh lebih dewasa daripada dulu aku melihatnya. Tiba-tiba aku jadi gagu dan jutaan kata yang sebenarnya sudah menumpuk di lidahku tidak lagi bersuara. Aku hanya bisa melihatnya dari sudut rumahku dengan kaku.

Melihatnya disambut haru oleh kerabat dan tetangga dengan ragam tanya yang membuncah. Aku menjadi diriku beberapa tahun silam, menganggapnya mimpi yang tidak nyata. Hanya mampu menatapnya dari kejauhan tanpa bisa mewujudkan diri di hadapannya.

Dia masih sempurna, di mataku sama seperti tahun-tahun yang lalu. Yang tidak kusadari pun terjadi, dia berdiri tepat di hadapanku. Tersenyum hangat sama seperti saat pertama kali senyumannya diserahkan padaku. Debar yang sama juga muncul di jantungku dengan ribuan kupu-kupu yang juga menggelitik sisi lain tubuhku. Tubuhku menegang, seperti patung. Kata-kata itu keluar begitu saja di mulutnya.

"Jak ta menikah, Abang ka troek woe meugisa!"

(Ayo menikah, Abang sudah kembali di hadapanmu)

Tidak ada jawaban yang keluar dari mulutku, tetapi aku tahu dia mengerti, diamnya perempuan berarti iya dalam bahasa yang lain. Dia tersenyum lagi, lebih hangat dan bahagia. Aku meleleh dalam pusaran matanya. []

**Supriyanti** merupakan ibu dari dua orang putra dan satu orang putri. Pernah menimba ilmu di Fakultas Keguruan dan Ilmu Pendidikan, Jurusan Pendidikan Bahasa dan Seni, Program Studi Pendidikan Bahasa dan Sastra Indonesia dan Daerah, Universitas Sriwijaya (Unsri) Inderalaya tahun 2005—2009.

Buku-buku yang telah diterbitkannya, yaitu *Cahaya Pagi Pelengkap Kisahku*, *Aksara Hati Mazaya*, *Cinta Sang Dokter Tampan*, *Pijar-Pijar Kehidupan*, dan puluhan buku antologi bersama.

Dengan menulis ia dapat berbagi kebaikan, berbagi semangat, dan dapat seolah berbicara tanpa bertatap muka. Pun saling menguatkan, walaupun tak berdampingan. Ia bisa disapa melalui akun FB: Supriyanti Umar. Nomor HP aktif 0822-7737-8965.

# Mimpi Ketiga Mayra

APRILIYANTINO

Tetes demi tetes cairan *Ringer Laktat* (RL) mengiringi detik-detik yang terus berjalan. Waktu merangkak begitu lambat, membawa resah nan membuncah. Gelisah membaluri setiap sudut nurani sepasang suami istri muda di ruang perawatan anaknya. Sesekali lelaki itu berdiri, memastikan semuanya baik-baik saja. Sementara itu sang istri, tak beringsut dari tepian bed tempat bayi kecil itu dibaringkan. Di kejauhan, lolongan anjing memberi tanda bahwa hari telah kian larut malam.

"Apa kata Dokter tadi, Ma?" Lelaki itu akhirnya buka suara. Ia tahu bahwa sang istri tidak sedang tidur. Ada jeda yang membawa hampa di antara kalimat yang diucapkannya itu dengan jawaban yang datang setelah sekian tarikan napas.

"Begitulah, Pa. Kata Dokter, Diandra akan menjalani pemeriksaan lanjutan pagi ini. Semoga hasilnya negatif." Perempuan itu kembali menghela napas dalam dan mengembuskannya perlahan.

"Ya, semoga saja Ma." Ada gurat gundah yang menguar dari rona wajahnya. Kata-katanya bergetar. Siapapun yang mendengarnya akan segera menangkap kegelisahan yang teramat sangat.

Jauh di selasar jiwanya, sebentuk kebuntuan tentang ke mana harus mencari biasa untuk pengobatan, biaya hidup keluarga dan tanggung jawab terhadap orang tuanya yang juga tak luput dari perhatiannya. Di kejauhan terdengar burung gagak malam, membawa senandung duka yang tiba-tiba saja menjejal-jejal di benaknya.

Kkakkk! Kkakkk!

"Pak Lukman, bisa ikut saya sebentar?" Seorang perawat jaga membuyarkan lamunannya. Lelaki itu kemudian menyeret kakinya yang sedikit keram atau mungkin kelelahan. Mereka berdua melewati koridor panjang dan berhenti di depan sebuah ruangan sebelum akhirnya masuk ke sana.

Keduanya terlibat dalam sebuah perbincangan serius. Ntah apa yang mereka bicarakan. Di luar, angin bertiup semakin dingin.

Di ruang perawatan, Diandra mengerjapkan matanya yang masih terpejam. Melewati dimensi demi dimensi yang tak berujung.

***

*Beberapa hari sebelumnya.*

Mayra baru saja menggelung rambutnya yang panjang sepinggang. Memastikan dirinya tetap tampil menarik di cermin besar di lemari bajunya. Ia tahu, pengaruh usia kadang tak mudah untuk diatasi. Namun, perempuan itu selalu memegang teguh pesan sang ibu, dulu ketika ia memilih untuk menikah dengan Lukman. Lelaki pilihannya sendiri.

Di pembaringan, Mayra merapal doa. Memasrahkan jiwa kepada Sang Maha Esa. Berharap malam-malam dipenuhi mimpi indah. Kerjap-kerjap mata perempuan Jawa nan ayu itu menjadi tanda bahwa ia telah masuk ke gerbang mimpi. Ini mimpi ketiga kali dengan kejadian yang sama. Dua giginya tanggal.

"Pa, Mama kembali bermimpi. Mimpi yang sama persis. Mimpi yang ketiga kalinya."

Ia menceritakan ihwal mimpinya itu kepada suaminya. Sementara suaminya itu bergeming. Dia kemudian tersenyum datar kepada istrinya itu.

"Apa kau masih percaya dengan hal seperti itu, Ma? Bukankah tidak ada yang mempu memberikan mudharat dan manfaat kepada manusia selain atas izin Allah?"

Lukman meraih sebotol air mineral dan menyodorkannya kepada istrinya itu. Kedua mata mereka beradu, membawa mereka ke puncak temu. Pertemuan dua kalbu nan sendu.

"Aku hanya khawatir. Takut jika mimpi-mimpi itu menjadi nyata. Bukankah lepasnya gigi adalah pertanda akan kehilangan?" Mayra memejamkan matanya, mencoba meredam pikiran-pikiran negatif yang perlahan mengganggunya.

"Jangan pernah mengatakan kehilangan, Ma. Sebab kita memang tidak memiliki apa-apa. Semuanya hanya titipan dari Allah Taala. Apa yang ada pada diri kita, cepat atau lambat akan meninggalkan kita. Jadi hakikatnya memang kita tidak pernah kehilangan, namun hanya merasa kehilangan terhadap apa yang sebenarnya bukan milik kita." Lelaki tegap itu menatap istri begitu dalam. Seolah itu merupakan pesan terakhir darinya untuk Mayra.

"Iya, Pa. Namun begitu, perasaan takut terjadi sesuatu mengusik hatiku." Kemudian Mayra bangkit dari pembaringannya. Mengambil cangkir yang telah rutin disiapkan di kamarnya. Perlahan ia meneguk air dingin dari kendi yang dituangkannya hati-hati. Gemericik khas segera memenuhi ruangan yang kini beradu dengan dengkuran halus Diandra, putri kecilnya itu.

"Diandra keningnya hangat lagi, Pa. Tolong ambilkan termometer di lemari baju Mama."

Setelah mengetahui suhu tubuh putrinya, keduanya saling pandang. Ada debar yang berusaha mereka tepis dari benak mereka berdua.

"Diandra tidak apa-apa."

"Aamiin."

Beberapa paramedis tampak sibuk di sebuah ruangan. Mereka bergegas cepat menyiapkan tabung oksigen, racikan obat dan alat-alat yang akan digunakan untuk melakukan tindakan penanganan serius. Langit belum sepenuhnya benderang ketika Mayra menyaksikan Diandra kejang dan lalu tidak sadarkan diri. Sementara Lukman tak terlihat batang hidungnya.

Dokter telah membisikkan sesuatu yang membuat lelaki itu mengambil keputusan. Petir seketika menggelegar di langit hatinya. Ia harus melakukan sesuatu.

"Bantu kami, Dok. Tolong!"

Dokter hanya tersenyum kecut. Bukan karena tidak mau, tetapi situasinya sulit. Dokter berkacamata minus itu membetulkan kacamatanya dan mengatur napas sebelum akhirnya bicara.

"Anak Bapak butuh donor sumsum tulang belakang. Sanggup mencarinya dalam satu minggu ini?"

Dokter itu menatap sangat serius. Udara terasa semakin membeku di ruangan *full* AC itu. Lukman menghela napas dalam.

"Saya sendiri yang akan menjadi donornya!" Lukman bergetar mengucapkan itu. Bukan karena takut, tetapi sesuatu yang lebih menakutkan menyeruak di kepalanya.

Sirine ambulans memecah keheningan fajar. Jiran tetangga telah berderet-deret menyambut kedatangan Lukman dan keluarganya. Mayra duduk di antara dua belahan jiwanya. Terpekur dalam mimpi-mimpi yang menjelma nyata. []

**Apriliyantino** merupakan seorang penikmat sastra dan filsafat serta pegiat literasi. Ia saat ini sedang menggeluti dunia yang ia cintai, sebagai seorang pendidik. Di antara buku yang sudah diterbitkannya yaitu, *The Red Circle, Writing Habit*: *Meneruskan Pesan-Pesan Langit, Menuju Kesejatian, Zenana! Zenana!, Career by Design*, dan puluhan buku antologi.

Pada tahun 2010, ia menjadi Pembicara Terbaik di ajang PHKA2 FKIP UNSRI. Di tahun 2020, ia terpilih sebagai Penulis Inspiratif LK Awards 2020. Sementara pada tahun 2022 dia mendapatkan penghargaan sebagai "Kepala Sekolah

Berprestasi di Bidang Literasi Tingkat Nasional" dari Nyalanesia. Ia tinggal di Lubuk Seberuk Kabupaten Ogan Komering Ilir Sumatera Selatan bersama keluarga kecilnya. Penulis bisa dihubungi di: apriliyantinosukses@gmail.com atau nomor WA: 082246034136.

# Aku (Bukan Seorang) Penulis

FIDÈLÉ AMOUR

Aku masih ingat kejadian beberapa tahun lalu, tepatnya ketika aku masih berusia 7 tahun dan duduk di kelas 2 SD. Ayahku bertanya padaku tentang cita-citaku sambil membaca surat kabar lokal kesayangannya. Aku menjawab, aku ingin menjadi tentara wanita.

Ayah tersenyum mendengar jawabanku, dan dia hanya berkata, "Belajarlah dengan sungguh-sungguh, pasti kelak kamu akan jadi tentara wanita."

Aku merasa bangga mendengarnya, tapi cita-citaku berubah lagi. Aku ingin menjadi seorang wartawan. Aku pikir menjadi seorang wartawan itu sangat menyenangkan karena bisa masuk televisi, dan juga bisa terkenal. Aku pun bisa pergi keliling daerah di Indonesia meliput berita, bahkan ke luar negeri. Itulah yang selalu terngiang hingga kini.

Aku terinspirasi dari beberapa berita internasional yang berhubungan dengan kemanusiaan. Berita-berita kelaparan di Ethiopia, Perang Teluk Irak, Gerakan Intifadhah, serta beberapa berita lagi yang membuatku bisa menangis meski umurku masih kecil.

Ayah bercerita tentang Perang Teluk, tentang Intifadhah, Perang Sudan, serta beberapa kisah-kisah yang menyayat hati. Dari situ aku mulai menulis beberapa kata mengenai perang dan kemanusiaan.

Ayah dipanggil oleh-Nya ketika aku kelas 5 SD, tepatnya di usia 9 mendekati 10 tahun. Namun, apa yang disampaikannya selalu ada dalam pikiranku. Kenangan-kenangan indah tentang cerita perjuangannya dulu sewaktu menjadi Kerani dan juga Seinendan. Aku terinspirasi dari ayah, yang sangat cinta tanah air. Ayah memiliki rasa patriotisme yang tinggi. Itulah mengapa, sisi kemanusiaan dan hubungan dengan sesama manusia adalah prioritas baginya.

Aku terinspirasi dari ayahku. Aku pernah bercita-cita menjadi seorang wartawan meski akhirnya tertunda. Kehilangan seorang ayah ibarat kehilangan tiang kokoh dalam keluarga. Akan tetapi, perjuanganku belum dan takkan pernah berakhir.

Kelas 1 SMP aku berpikir aku telah gagal karena nilai bahasa Inggris-ku 6. Aku kecewa karena teman-temanku nilainya di atas 7.

Apakah aku gagal? Tidak.

Aku tidak gagal dan belum gagal. Itu adalah keberhasilan yang tertunda.

Sebagai pelampiasan kekecewaan, aku akhirnya mempelajari beberapa bahasa asing, salah satunya bahasa Jerman. Beruntung sekali aku menemukan buku dalam bahasa Jerman secara keseluruhan sewaktu di rumah kota. Hasil dari uang jajan, aku belikan kamus bahasa Jerman. Waktu itu masih seharga Rp 350,00. Sangat murah, tapi bermanfaat.

Meski belajar otodidak, itu tidak mengganggu pelajaran utama sekolah. Justru semakin membuatku bersemangat. Beberapa teman mengatakan aku aneh karena mempelajari bahasa yang tidak diajarkan di sekolah. Beberapa dari mereka mengejek, bahkan memandang rendah aku. Tidak aku pedulikan mereka. Masa-masa itu, jika seorang siswa pintar Matematika atau IPA (Fisika dan Biologi), mereka sudah dianggap pintar dan cerdas. (Menurut tes IQ). Sedangkan anak-anak penyuka bahasa dan sastra juga IPS, sering dipandang sebelah mata, dan itu fakta tak terbantahkan.

Aku tetap pada pendirianku. Aku tetap belajar bahasa, mulai bahasa Jawa (bahasa ibuku), dan bahasa Indonesia (bahasa nasionalku). Ini perjuanganku. Dari situ aku berpikir, aku ingin menjadi seorang sastrawan, atau setidaknya penulis.

Pelan tapi pasti, mempelajari bahasa Jerman ternyata membawa dampak bagi nilai bahasa Inggris-ku di sekolah. Aku mendapat nilai 8. Aku bersyukur, tapi belum puas. Kecintaanku pada bahasa asing akhirnya berlabuh ke bahasa Perancis. Salah satu bahasa unik yang membuatku tertantang. Akhirnya aku belajar bahasa Perancis di usia 13 tahun, yaitu kelas 2 SMP.

Keberadaan kedua bahasa asing itu tidak membuat nilai bahasa Inggris-ku merosot, justru semakin bagus dan stabil. Darah seni yang mengalir di tubuh ayahku rupanya mengalir padaku. Aku penyuka sastra dan bahasa, seperti ayahku, yang ternyata menguasai beberapa bahasa asing. Data-data yang ada masih kupunya dan kusimpan, dan aku bangga padanya.

Terkadang di sela-sela istirahat sekolah, ketika teman-teman asyik ke kantin, atau hanya mengobrol tanpa guna, aku lebih suka menyendiri di perpustakaan sekolah. Mempelajari sastra Indonesia yang akhirnya membuatku semakin tergerak untuk mendalami dunia kepenulisan. Salah satunya ikut Mading (Majalah Dinding).

Guru bahasa Indonesia sangat mengapresiasi beberapa puisi karya-karyaku, dan itu semakin membuatku bersemangat hingga kini. Selain membaca, menulis juga hobi yang paling kusuka, terutama menulis huruf Jawa Carakan yang aku tekuni sejak kelas 4 SD. Bagaimanapun, bahasa ibu sekaligus bahasa daerah harus tetap dilestarikan, dipertahankan, dan dijaga.

Kini, aku memasuki dunia baru berjuluk Dunia Literasi. Dunia yang berhubungan dengan tulis-menulis. Ibarat kata, cita-citaku menjadi 'wartawan' baru akan terwujud. Meski mengalami pasang surut, aku tetap tidak peduli. Aku terus berusaha memperbaiki diri. Mempelajari banyak hal yang berhubungan dengan dunia kepenulisan.

Ya, aku memang masih sangat pemula. Ilmuku masih sangat minim, tapi kecintaanku, kegemaranku, dan hobiku belajar bahasa asing telah memantik semangat yang terus berkobar untuk berpartisipasi memajukan literasi nasional. Perjuanganku belum berakhir.

Kini, aku bisa merasa sedikit bangga karena ternyata anak penyuka sastra, penyuka pelajaran IPS, bisa mengalahkan anak-anak IPA. Allah punya kehendak. Mereka yang dulu bangga dengan kecerdasan semasa SMP, kini mereka tidak bisa meremehkanku yang hanya anak dengan IQ-IPS.

Fakta dan nyata. Karena aku bertemu mereka, teman-temanku yang dulu cerdas-cerdas, tapi ... beberapa dari mereka ternyata 'gagal' dengan kebanggaannya. Perjuanganku akan terus berlanjut demi generasi mendatang. Aku ingin mempersembahkan yang terbaik demi ibu pertiwi. Aku masih belajar menulis karena aku (bukan seorang) penulis.[]

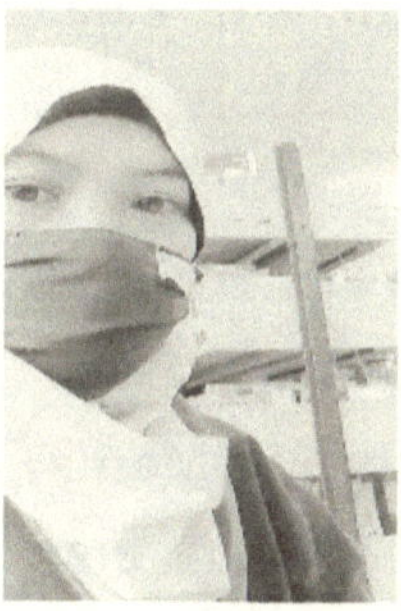

**Fidèlé Amour** adalah nama pena dari pemilik nama asli Nuris Fatmawati. Lahir di Temanggung, Jawa Tengah, 20 Oktober, berzodiak Libra. Ibu dua putri yang gemar membaca, menulis, dan belajar bahasa asing. Hobi juga menulis huruf Jawa dengan tulisan tangan non aplikasi dalam bentuk puisi atau kata-kata mutiara.

Telah menulis beberapa karya solo dan antologi.

Merupakan anggota dan admin di PenaKompasianersOpinians, Co-Founder Literalova Writing World, Penulis di Pimedia, Penulis mayor di Bookies Penulis di Literalova.

# Menggenggam Cahaya di Atas Bara

MAUNAH

*(Adapted from true story)*

Hidayah adalah cahaya pemberian Allah, dan diberikan pada siapa pun yang dikehendaki-Nya.

Meriana yang bernama asli Maryana, dia tadinya beragama Islam, tapi karena dia menikah dengan non muslim, akhirnya dia berpindah agama. Tak cukup di situ, dia juga menginginkan anaknya mengikuti jejaknya. Namun, hidayah adalah mutlak pemberian Allah, yang kalau sudah diberikan pada seseorang, maka orang itu akan teguh menggenggamnya.

"Ma, jangan, Ma! Sakit, Ma! Jangan seret Ocha!" teriak Ocha, saat dia diseret oleh ibundanya dengan sangat kasar.

"Biarin, biar kamu nurut! Kamu itu harus ikut Mama, kenapa kamu nakal sekali?" bentak Meriana dengan tetap menyeret tubuh kecil anaknya yang baru saja menginjak usia 7 tahun itu.

Teriakan dan isakan dari gadis kecil itu sama sekali tak punya arti di telinga dan hatinya. Ia tetap menyeret anaknya menuju gudang. Ia bermaksud mengurung anaknya di gudang agar anak kecil itu menurutinya.

"*Astaghfirullah*, Kak Maryana. Apa yang Kakak lakukan pada Ocha?" Suara lantang yang terdengar dari pintu luar itu sungguh mengagetkan Meriana, sehingga ia dengan spontan melepas cengkramannya pada pergelangan anaknya.

"Om Jefry?" lirih Ocha yang mengenali laki-laki yang datang, yang tak lain adalah Jefry, adik kandung Maryana atau Meriana.

"Jangan ikut campur urusanku! Jangan panggil aku lagi dengan nama kampungan itu! Ingat, namaku Meriana, bukan Maryana lagi!" bantah Meriana dengan suara lebih lantang dari adiknya.

"Saya nggak ikut campur kalau bukan karena Kakak menyakiti Ocha. Kenapa Kakak menyakiti anak Kakak sendiri?" Jefry mencecar Meriana dengan pertanyaannya.

"Ocha ini anakku. Jadi aku punya hak mengatur dia. Aku mau dia mengikuti keyakinanku yang baru. Aku nggak mau dia mengikuti kalian yang kuno itu," sergah Meriana tak mau kalah.

"Kamu juga anakku. Berarti aku berhak memaksamu kembali pada keyakinanmu yang awal!" Suara lantang itu terucap dari wanita paruh baya yang masih terlihat cantik. Wanita yang tak lain adalah Bu Harnia, Ibu dari Meriana dan Jefry.

"Oh Mama, tentu saja beda. Saya kan, udah dewasa. Jadi saya berhak memilih keyakinan saya," jawab Meriana setelah melihat ibunya masuk. Bu Harnia terlihat menganggguk.

"Baiklah. Kalau begitu, bagaimana jika kita tanyakan pada anak kamu. Biarkan dia yang akan memilih ikut agama siapa nantinya," tegas Bu Harnia.

Tentu itu membuat Meriana semakin kesal, tapi ia berusaha menahan kekesalannya.

"Biar Jefry saja yang menanyai dia," ujar Jefry seraya mendekat ke arah Ocha yang masih menahan sakit di pergelangan tangannya.

Jefry berjongkok untuk menyejajarkan badannya dengan tinggi badan Ocha. "Cha, katakan pada Om, kamu akan milih pergi sama Om dan Oma kamu, atau memilih bersama Mama kamu?" tanyanya dengan lembut.

Ocha terlihat kebingungan. Dia mendongak ke arah mamanya, dan ke arah pamannya secara bergantian, sebelum kemudian menjawab dengan jawaban yang mencengangkan.

"*La Ilaha Illah Allah, Muhammad Rosululloh,*" jawabnya lirih, tapi terdengar sangat jelas di telinga mereka.

Semua yang ada di ruangan itu terhenyak dan langsung menoleh ke arah Ocha yang kini terlihat ketakutan.

"Ocha, kamu ... apa yang kamu katakan tadi, hah?" teriak Meriana sambil melangkah mendekati Ocha dan akan menjambaknya. Beruntung Jefry berhasil menghalau tangan kakaknya itu.

"Kakak sudah mendengar jawaban Ocha. Dia bersyahadat, itu artinya dia memilih Islam sebagai agamanya. Jadi, Kakak tidak berhak memaksanya. Saya akan bawa dia pergi. Jika Kakak mencoba menghalangi, saya akan bawa kasus ini ke KPAI. Ayo, Ma! Kita pulang!"

Usai berkata begitu, Jefry membawa Ocha ke rumah Bu Harnia. Beberapa bulan berlalu, Meriana kembali berusaha membujuk Ocha untuk menurutinya. Karena Ocha tetap kukuh dengan agamanya, Jefry berinisiatif menyembunyikan Ocha dari Meriana. Ia membawa Ocha pergi dari rumah ibunya dan menaruhnya di sebuah pesantren di Bogor.

Tak berhenti di situ, Meriana tetap mencari cara menemukan Ocha. Setelah beberapa tahun, Meriana ternyata bisa menemukan Ocha di pesantren itu. Kesempatan itu tak ia sia-siakan. Ia langsung menuju pesantren dan kembali membawa Ocha ke rumahnya.

Setelah berada di rumahnya, Meriana tidak memaksa Ocha untuk murtad, tapi dia menyuruh Ocha berpakaian layaknya anak kota yang tak mengenal agama. Namun meski begitu, keimanan Ocha tak pernah beralih pada agama lain.

Ia tetap mempertahankan syahadatnya bahkan sampai Meriana kembali memaksanya pun, Ocha tetap menolak untuk murtad. Karena khawatir Ocha akan terpengaruh, Jefry akhirnya memutuskan membawa Ocha ke pesantren lagi, tapi kali ini pesantren yang ia pilih adalah pesantren yang berada di pelosok kampung di Kabupaten Serang, Banten.

Sebuah pesantren tanpa nama yang mengajarkan kitab kuning. Di situlah Ocha ditempa menjadi seorang muslimah sejati. Dia yang dulu berpakaian minim, kini menyadari akan kewajibannya yaitu menutup aurat. Satu tahun dia di situ, dia berubah menjelma menjadi gadis pemalu yang berpakaian sesuai syariat. Satu tahun ia tidak pulang ke rumah neneknya ataupun pamannya. Setelah satu tahun, tepatnya di bulan Ramadan tahun 2004, dan karena pesantren libur, Ocha pun dijemput oleh pamannya.

Dari tahun 2004 itu sampai sekarang, penulis belum bertemu lagi dengan Ocha. Penulis berharap, Ocha tetap berada dalam lindungan Allah dan dalam iman yang sama dengan kita, hingga suatu saat kita bisa berjumpa meski itu di jannah-Nya.[]

**Maunah** yang biasa dipanggil Nana atau Una, adalah seorang ibu rumah tangga yang sekarang sedang bekerja di Abu Dhabi. Dia memutuskan untuk menjadi penulis pada tahun 2015.

Baginya menulis adalah sebuah sarana untuk menyalurkan ide dan untuk berdakwah. Di tengah keterbatasan waktunya, ia mencoba menulis di *platform online*. Dia juga berusaha mengikuti *event* kepenulisan. Novel yang sudah ia terbitkan berjudul *Single Parent* dan *Mengukir Pelangi di Langit Thaif*. Selain itu, tulisannya juga bisa dibaca di *Platform* KBM dengan nama akun: Maunah_Muflih.

Maunah bisa dihubungi lewat medsos:

FB: Hafidzoh Alqur'an

Ig: Maunah Muflih

WhatsApp: +971561465457

# Jangan Bully Aku

MIKAILA DN

Setiap orang pasti ingin terlahir sempurna, cantik, tampan, dan hidup serba berkecukupan, tetapi tak seperti yang aku alami. Hampir separuh masa-masa sekolahku, kulewati dengan *bully*-an.

Namira Kencana, itulah namaku. Usiaku kini 17 tahun. Seharusnya di usiaku sekarang, aku sedang asyik-asyiknya menikmati indahnya masa remaja. Namun, tidak denganku. Masa remajaku seakan kelabu. Aku memang bukanlah gadis yang jelita, bahkan jauh dari kata sempurna. Di usiaku yang sudah 17 tahun, tinggi badanku hanya 130 cm, dan tidak seperti gadis seusiaku. Hal itu membuatku menjadi bahan ejekan teman-temanku. Hampir setiap hari aku menjadi bahan *bully*-an mereka. Jujur, aku capek diperlakukan seperti itu. Terkadang aku sering meratapi nasibku, tetapi aku sadar tak ada gunanya meratapi semuanya.

Si "Cebol", begitulah teman-teman dan tetanggaku memanggilku. Mungkin untuk orang lain panggilan itu terasa biasa saja, tetapi bagiku itu menyakitkan. Perlahan aku yang dahulu ceria berubah menjadi pendiam. Aku sedih. Rasanya sakit ketika mendengar mereka memanggilku dengan sebutan "Cebol". Sejelek itukah aku?

Menjadi korban *bullying* membuat mentalku rapuh. Sering kali aku menahan tangis setiap kali mereka mengejekku. Kini, aku lebih banyak menghabiskan waktu di rumah. Ayah dan ibu juga heran mengapa aku berubah menjadi sangat pendiam. Aku lebih memilih untuk tidak menceritakan semuanya pada mereka. Aku pikir cukup aku saja yang tahu.

"Mira, kamu kok melamun aja ?" tanya Nisha padaku.

Ya, sedari tadi aku hanya duduk mematung di sini. Pikiranku sangat kacau. Hari ini terasa begitu melelahkan. Tadi pagi aku kebetulan berpapasan dengan Riska, tetanggaku. Perkataan Riska terasa sangat menyakitkan.

"Mira, kamu kok pendek banget sih, lebih tepatnya cebol," ucapnya sambil setengah mengejekku.

"Cebol kok dipelihara," ucapnya lagi sembari berlalu pergi.

Entah mengapa kali ini ejekan itu terasa sangat menyakitkan untukku. Memangnya siapa yang mau terlahir begini, aku juga tidak mau. Aku pun ingin seperti orang lain yang terlahir sempurna, tetapi aku bisa apa. Apalagi di antara saudara kandungku, hanya aku yang memiliki fisik seperti ini. Cebol, begitulah mereka selalu memanggilku.

Rasanya aku ingin sekali marah pada mereka ketika mereka dengan sesuka hati memanggilku dengan sebutan "Cebol". Akan tetapi, aku seperti tidak memiliki kemampuan untuk melakukan itu. Aku hanya bisa menangis ketika mereka mengejekku. Mungkin mereka mengira aku terlahir hanya untuk diejek dan dipermalukan. Padahal jika saja mereka mengerti, aku juga ingin dihargai meski fisikku tak sesempurna mereka.

"Mir, aku lagi ngomong loh sama kamu. Kok kamu diam aja sih!" ucap Nisha kembali.

Sepertinya Nisha agak sedikit kesal padaku karena aku seperti tak mempedulikan ucapannya.

"Ehm, maaf Nisha, aku lagi pusing jadi nggak konsen," jawabku.

"Kamu sakit, Mir?" Tanya Nisha sambil memegang kepalaku.

Nisha sepertinya khawatir padaku.

"Cuma pusing kok, Nis," jawabku singkat.

"Mira, aku kenal kamu dari SD loh, nggak biasanya kamu kayak gini. Ada apa? Cerita dong sama aku."

"Aku nggak apa-apa kok, Nis. Nggak usah kepo gitulah." Ucapku sembari kembali membaca buku yang sedari tadi kubaca.

Nisha pun terdiam mendengar jawabanku, dan sepertinya Nisha mengerti apa yang sebenarnya terjadi padaku hari ini. Nisha adalah sahabatku. Kami bersahabat sejak SD. Nisha begitu baik padaku, bahkan dia tak pernah sedikit pun mempermasalahkan fisikku, tidak seperti yang lain.

Setiap kali aku sedih, Nisha selalu ada untukku. Dia akan menyemangatiku dengan celotehannya yang sangat menghibur. Hanya Nisha yang mau berteman denganku. Teman-teman yang lain tidak ada yang ingin berteman denganku. Mungkin mereka malu berteman denganku yang cebol ini. Entahlah. Aku sepertinya sudah muak dengan sebutan itu.

Masa kecil kulewati dengan penuh ejekan. Sedih rasanya, tetapi aku mencoba untuk tidak menghiraukannya. Sebisa mungkin aku berusaha untuk berprestasi di sekolah dengan harapan teman-teman akan mau berteman denganku jika aku berprestasi.

Hari-hari kulewati dengan belajar, dan terus belajar. Nyaris setiap semester aku selalu mendapat juara kelas. Namun, semua tak seperti yang aku pikirkan. Mereka tetap tidak mau dekat denganku. Hanya Nisha, ya, hanya Nisha yang sudi berteman denganku.

Ejekan juga sering kudengar dari kakak-kakakku. Mereka merasa malu punya adik sepertiku. Ya Tuhan, sebegitu hinanyakah aku? Mengapa kakakku sendiri tega begitu padaku. Bukankah seharusnya keluarga adalah tempat ternyaman buatku. Aku sepertinya sudah lelah di-*bully*. Di sekolah, di rumah, aku seakan jadi sasaran empuk untuk mereka permalukan. Sering kali jika malam tiba, aku menangis di dalam kamar, meratapi semua yang kualami.

Aku sadar tidak ada manusia yang sempurna. Semua pasti memiliki kelebihan dan kekurangan masing-masing, tetapi mengapa aku selalu mendapat perlakuan yang tidak mengenakkan? Aku sering mengabaikan perasaanku sendiri. Aku lebih fokus menjaga perasaan orang lain. Aku tak ingin apa yang aku rasakan dirasakan orang lain. Aku cukup bersyukur meski dengan fisik seperti ini, setidaknya Allah memberiku kelebihan juga. Nilai akademikku hampir semuanya bagus. Bisa dikatakan, di kelas aku adalah anak yang pintar. Biarlah mereka yang mengejekku akan mendapat balasan atas perbuatannya.

Aku diam bukan berarti aku lemah. Hanya saja aku tak ingin memperkeruh suasana. Lagi pula aku sudah memiliki Nisha, sahabat yang begitu menyayangiku. Aku juga memiliki ibu dan ayah yang luar biasa. Ibu dan ayah selalu mengingatkanku tentang arti bersyukur. Ibu selalu mengatakan aku adalah anak yang istimewa meski fisikku berbeda dari kakak-kakakku. Intinya aku harus lebih bersyukur. *Bully*-an yang aku terima harus kujadikan pemacu semangat agar menjadi seseorang yang bisa dibanggakan orang tua. *Stop* mem-*bully* sesama. Jaga ucapan agar tidak menyakiti orang lain. Jangan rusak generasi muda dengan ucapan yang dapat merusak mental mereka.

Ketahuilah, *bullying* dapat berdampak buruk bagi seseorang yang mengalaminya. Seseorang yang mengalami *bullying* lebih dominan akan sering merasa *insecure*, dan tidak percaya diri. Dia akan merasa terkucilkan dan merasa bahwa dirinya rendah. Bukankah seharusnya kita harus saling menghargai satu sama lain?

Maka dari itu, ajarkan pada anak-anak sedini mungkin untuk menjaga ucapan dan tindakannya agar tidak menyakiti orang lain. *Stop bullying*, semoga tak ada lagi yang mengalami seperti yang kualami. Namira, si Gadis "Cebol" korban *bullying*.

**Nurhasanah** namanya. Ia lahir pada tanggal 14 Agustus, tepatnya di sebuah kota kecil yang terletak di Kabupaten Simalungun, Sumatra Utara. Menulis merupakan satu kegiatan yang begitu disukainya. Dengan menulis, ia bisa menyalurkan hobi dan berbagi cerita serta memotivasi sesama.

Baginya menulis bisa menjadi wadah mengembangkan diri khususnya di bidang literasi. Menulis bukan hanya sekadar menggabungkan beberapa kata hingga menjadi kalimat yang syarat arti, tetapi lebih kepada bagaimana memaknai kehidupan melalui goresan tinta.

Ia bisa disapa melalui akun FB: Mikayla. Salam literasi Indonesia.

# Melukis Senja di Hatimu

HIRO

Namaku Marwah Sakinah Putri. Umur 20 tahun, dan menikah dengan seorang lelaki yang bernama Revan Adyatama. Kami terlahir di desa yang sama, juga dijodohkan karena balas budi. Orang tuaku punya hutang budi pada orang tuanya.

"Marwah, kami sudah menjodohkanmu dengan anak Pak Mansur."

Bagaikan mendapatkan durian runtuh, sakit terkena badan, tetapi enak dimakan. Itulah yang aku rasakan. Ingin rasanya menolak, tetapi aku takut kualat karena membangkang perintah orang tua. Hanya bisa pasrah dengan takdir yang sudah digariskan oleh Sang Khalik.

"Iya, Bu."

Besoknya segala keperluan pernikahan pun dipersiapkan. Semua diatur sedemikian rupa sesuai dengan keinginan orang tua kami. Jangan tanya cinta di antara kami. Aku gadis desa yang terlahir dari keluarga sederhana dan belum mengenal cinta walaupun sudah berumur 20 tahun. Aku juga belum pernah merasakan yang namanya jatuh cinta. Dari kecil aku hanya tahu pergi ke ladang untuk membantu orang tua. Sekolah pun hanya lulusan sekolah dasar. Walaupun tidak berpendidikan tinggi, aku memiliki wajah yang bisa memikat hati para lelaki.

Bang Revan usianya lebih tua dariku, berpendidikan tinggi, bahkan dia sekarang sudah menjadi PNS, dan bekerja di kantor camat. Dia orangnya irit bicara, terlihat kaku penampilannya seperti penampilan bapak-bapak. Keluarganya merupakan orang terpandang di desa kami.

Entah apa yang dilakukan oleh orang tua Bang Revan sehingga orang tuaku merasa berhutang budi. Aku dilarang menolak perjodohan ini. Aku selalu menanyakan alasan mereka, tetapi jawabannya tetap sama, yaitu karena balas budi, dan menyuruhku untuk tidak banyak bertanya lagi.

Setelah segala urusan dan keperluan sudah beres, pernikahan kami dilangsungkan dengan sangat meriah keesokan harinya. Acaranya dilaksanakan di rumah mempelai pria sesuai permintaan dari orang tua Bang Revan. Orang tuaku pun menyetujui permintaan mereka. Selesai acara pernikahan, orang tuaku kembali ke rumah tanpa membawaku pulang bersama mereka. Hari-hari menjalani kehidupan rumah tangga dengan lelaki yang tidak aku cintai ternyata bagaikan masakan tak berbumbu.

Walaupun Bang Revan memberi nafkah secara lahir dan batin, tetap saja sikapnya selalu dingin padaku. Bicara juga hanya seperlunya saja. Setelah setahun kemudian, anak kami lahir. Bang Revan mulai menunjukkan perubahan sikap yang dari sedikit berbicara menjadi sering bicara walaupun hanya membahas tentang seputar perkembangan anak kami.[]

**Hiro** adalah nama pena dari Hiyen Kantu. Wanita berusia 33 tahun ini memiliki hobi membaca dan menyanyi. Sejak kecil Hiro tertarik dengan dunia literasi. Namun, karena tidak ada dukungan dan pengembangan bakat, bakatnya hanya sampai di imajinasi yang sering dia tulis di buku tulis.

Selain mengembangkan bakat dan tertarik dengan dunia literasi, baginya menulis dapat menghilangkan stres sebab apa yang ada di dalam hati bisa dituangkan dalam sebuah tulisan. Saat ini Hiro sudah mulai menulis antologi cerpen bersama Literalova Writing World.

Pemilik akun FB: Marwah Hiyen Kantu Mohi tinggal di Provinsi Gorontalo, Kabupaten Bone Bolango, Kecamatan Kabila Bone, Desa Oluhuta.

# Berdiri di Kaki Sendiri

KAKALI

Kata orang, menjadi anak bungsu adalah anak kesayangan, tetapi itu tidak berlaku bagiku. Sejak dulu aku selalu diperlakukan berbeda dengan kakakku, Mala. Apa pun yang Kak Mala inginkan selalu dipenuhi Bapak. Juga untuk masalah pendidikan, Bapak membiayai pendidikan Mbak Mala hingga ke perguruan tinggi, sedangkan aku hanya tamatan SMK. Pun jika aku ingin kuliah, aku harus mencari biaya sendiri.

Saat Bapak marah, akulah satu-satunya orang yang menjadi sasaran beliau. Bapak tidak akan segan memukulku, bahkan aku sampai bersujud di kaki Bapak agar Bapak berhenti memukulku.

"Sudah, Pak! Rama anak kita, darah daging kita! Dia tidak bersalah dan tidak ada hubungannya dengan kejadian masa lalu, Pak!" ucapan Ibu berhasil menghentikan aksi Bapak.

Aku hanya menangis dan menahan rasa sakit di sekujur tubuh. Aku tidak berani menatap Bapak, tetapi aku masih bisa mendengar helaan napas beliau yang terengah-engah.

"Kamu dengar, ya, Rosma. Gara-gara anak ini lahir, keluarga kita jadi miskin!" bentak Bapak.

"Rama tidak salah, Pak. Semua yang terjadi sudah menjadi takdir Yang Maha Kuasa." Ibu langsung memelukku dan menangis.

Lima tahun berlalu. Ibu meninggal karena sakit yang dideritanya. Saat itu aku merasa duniaku hancur. Ibu yang selama ini menjadi pelindung, pergi meninggalkanku seorang diri.

Aku berjalan seorang diri, tanpa ada yang mendampingi hingga aku tersesat. Di usia yang masih remaja, aku bekerja di diskotek hingga terakhir menjadi joki balap liar dengan risiko yang lebih besar.

Dengan tekad yang kuat, perlahan aku mulai meninggalkan dunia balap liar setelah bertemu dengan Rania. Kehadirannya kembali membuat hidupku berwarna. Aku mulai mencari pekerjaan yang halal. Namun, sulit sekali mencari pekerjaan hanya dengan mengandalkan ijazah SMK.

Teriknya matahari tepat di atas kepala tidak menyurutkan semangatku untuk mencari pekerjaan. Saat membeli minuman untuk melepas dahaga, aku melihat ada seorang ibu yang tengah mendorong motornya sendirian. Tanpa berpikir panjang, aku langsung menghampiri dan membantunya.

"Motornya kenapa, Bu?"

"Enggak tahu Mas, tiba-tiba saja mogok. Dari tadi cari-cari bengkel, tapi tidak ada yang buka."

"Boleh saya bantu, Bu? Kebetulan saya paham otomotif."

"Alhamdulilah akhirnya ada juga yang mau bantu saya. Silakan, Mas." Ibu tersebut mempersilakanku membantunya.

Walaupun dulu aku sering bolos sekolah, tetapi tentang keahlian mesin tidak diragukan lagi. Ditambah aku pernah menjadi joki, aku sangat paham dan andal soal mesin.

"Oh ya, nama Mas siapa?" tanya Ibu itu.

"Nama saya Rama, Bu."

"Rama? Saya seperti tidak asing dengan nama itu."

"Nama saya pasaran, ya, Bu," ucapku bergurau.

"Nama panjang kamu siapa?"

"Rama Adi Wijaya, Bu," jawabku lirih, mengingat nama belakangku. Nama yang ingin aku lupakan, bahkan sudah bertahun-tahun aku tidak bertemu dengannya.

"Ibumu bernama Rosma?" tanyanya kembali.

Mendengar nama ibuku disebut, membuat aku penasaran mengapa beliau mengenal almarhumah ibu.

"Ibu mengenal ibuku? Sebenarnya Ibu siapa?" tanyaku penasaran.

"Nama saya Dewi. Ini benar Rama, anaknya Rosma?" tanya Bu Dewi memastikan.

Aku hanya mengangguk. Namun, tiba-tiba aku teringat sesuatu sebelum ibuku meninggal.

"Rama, carilah Bu Dewi ... dia ....“

Belum selesai mengucapkan kalimatnya, ibu sudah terlebih dahulu mengembuskan napas terakhirnya. Tiba-tiba Bu Dewi memelukku.

"Ya Tuhan, akhirnya aku menemukan kamu, Rama."

Setelah bertemu dengan Bu Dewi, kehidupanku mulai berubah. Kini aku bekerja di pabrik produksi makanan ringan. Lebih tepatnya akulah pemiliknya. Bu Dewi adalah sahabat dari mendiang ibuku. Mereka membuat usaha ini berdua, dan kini usaha mereka sudah semakin maju.

Didampingi Bu Dewi aku mempersunting Rania menjadi istriku. Kehadiran Bu Dewi membuatku merasakan kembali hangatnya pelukan ibu yang selama ini aku rindukan. Bu Dewi sendiri sudah memiliki tiga orang anak yang semua bekerja di luar kota dan semua anaknya sukses.

"Apa kamu tidak mau menemui Bapakmu, Rama? Bagaimanapun, dia adalah Bapak kamu. Sekarang kamu sudah menikah, apa kamu tidak ingin memperkenalkan Rania ke keluargamu?"

"Nanti Rama pikirkan lagi, Bu."

"Ibu harap kamu mau memaafkan perlakuan buruk Bapakmu."

Sesuai dengan nasihat Bu Dewi, aku kembali menginjakkan kaki di tanah kelahiran bersama Rania. Rania terus setia berada di sisiku. Dia selalu menenangkan diriku saat aku mulai gelisah.

"Aku takut Bapak masih marah denganku, Ran."

"Yang penting niat kita baik, Mas."

Sampai di depan rumah, aku sangat terkejut melihat rumah yang dulu menjadi saksi bisu kekejaman sang ayah, kini kondisinya sangat memprihatinkan. Rumahnya sangat berdebu dan kotor. Perasaanku semakin tidak enak.

Aku langsung masuk dan sangat terkejut melihat kondisi Bapak yang sedang terbaring lemah. Aku langsung menghampirinya dan meminta maaf. Bapak juga kaget saat melihat kedatanganku dan tidak kuasa menahan air mata.

“Ra-Rama? Kamu Rama a-anakku?” tanya Bapak dengan suara lirih.

“Iya Pak, ini Rama, anak Bapak.”

Bapak kembali memelukku dan berkali-kali meminta maaf atas kejadian yang dulu pernah terjadi. Kini aku sudah bisa berdamai dengan masa lalu dan aku merawat Bapak hingga kembali sehat.[]

**KakaLi** adalah nama pena dari Riski Amelia, dan tinggal di Tegal. Menempuh pendidikan hingga ke perguruan tinggi di salah satu kota tersebut. Anak bungsu dari lima bersaudara ini lahir pada tanggal 24 Januari 1998.

Sifatnya yang *introvert* membuatnya lebih banyak menghabiskan waktu dengan membaca, dan kini sudah mempunyai banyak buku dengan berbagai jenis *genre*. Dari hobinya yang suka membaca, membuat Lia tertarik dengan dunia literasi.

Dia mencoba mengembangkan bakatnya untuk membuat cerita pendek. Cerpen pertama yang berhasil dibuat, yaitu berjudul “Berdiri di Kaki Sendiri”, terinspirasi dari kisah seseorang yang memang berjuang sendiri di usianya yang masih muda. FB: Naura Humaira.

# Putriku Nefroblastoma

PADILAH APRIYANTO

"Maaf, Dokter, apakah tumornya di luar dinding ginjal atau di dalam ginjal?" tanyaku pada Dokter yang memeriksa putriku itu.

"Di ginjalnya, Bu," kata Dokter yang baru saja memeriksa anakku.

Seketika hatiku hancur berkeping-keping setelah mendengar penjelasan dari Dokter, sambil kutahan air mata yang hendak tumpah.

"Apakah tidak ada jalan lain selain diangkat ginjal putri saya, Dok?" tanyaku kembali dengan emosi yang kini mulai menaik.

Dokter itu terdiam sejenak, lalu berkata, "Bisa saja Bu, setengah diangkat. Akan tetapi, tumornya akan tumbuh lagi dan pasti akan dioperasi lagi.

Seketika kutatap wajah putriku yang baru berumur 15 tahun sambil berkata dalam hati,

Begitu besar dan menderitanya engkau wahai anakku, masih muda, tetapi ginjalmu tidak sempurna dan harus diangkat.

"Baik, Dokter. *InsyaAllah* saya akan musyawarahkan dulu dengan suami dan keluarga."

"Iya, Bu, sebaiknya begitu." Dokter itu kemudian memberikan resep untuk anakku.

"Silakan Ibu bermusyawarah dulu dengan keluarga. Karena bagaimanapun juga, semua itu demi kebaikan anak Ibu," katanya menguatkan hatiku.

Sambil berdiri dari kursi, aku dan anakku keluar dari ruangan Dokter. Kakiku terasa berat untuk melangkah seolah-olah ada tali yang mengikat di kakiku sehingga sulit untuk melangkah apalagi berjalan.

Aku harus kuat, aku harus kuat demi anakku. Aku tidak boleh menangis di depannya. Gumamku sambil kupegang erat tangannya.

Setibanya di rumah, kutumpahkan semua air mataku sambil memeluk suamiku. Tubuhku lemas dan tidak berdaya.

Ya Allah begitu berat ujian yang Engkau berikan kepadaku.

Suamiku berusaha menenangkan diriku dan mengusap air mataku. Dia sangat memahami apa yang kurasakan.

"Sudahlah Mah, jangan menangis. Ini semua atas kehendak Allah. Jalani dengan penuh sabar sambil kita berikhtiar. *InsyaAllah* pasti ada hikmahnya, dan Allah akan memberikan solusi yang terbaik untuk kita semua," katanya menenangkan hatiku walaupun masih terasa sakit hati ini.

Kuhapus air mataku dan kubuka pintu kamar sambil memanggil anakku.

"Nur ... Nur ...!"

"Iya, Ma. Sebentar, lagi cas HP dulu," jawabnya. Kakiku melangkah ke kamarnya dan langsung kupeluk tubuhnya yang mungil sambil kubelai rambutnya.

"Sabar ya, Nak. Ini ujian dari Allah. *InsyaAllah* kita kuat, dan yakinlah Allah akan memudahkan segalanya dan kita sama-sama berjuang menghadapi ujian ini." Aku menjeda kata-kataku karena air mataku menetes lagi.

Yaa Allah kuatkan diriku untuk mendampingi putriku.

"Ma ... Mama, kapan jadwal operasinya?" tanya anakku.

"*InsyaAllah* dua minggu ke depan, Nak. Memang Nur sudah siap untuk dioperasi?" tanyaku ragu.

"*InsyaAllah* siap, Ma," jawabnya sambil tersenyum seolah tiada beban dan ketakutan di dirinya.

Ya Allah, betapa kuat anakku. Seharusnya aku lebih kuat karena aku mesti mendampingi dan selalu memberikan motivasi kepada anakku.

Hari yang menegangkan bagiku telah tiba. Jadwal operasi telah ditentukan oleh Dokter pada hari Jumat tanggal 17 Februari pukul 08.00 pagi.

Aku, suamiku dan anakku sudah berada di rumah sakit. Kami sudah di kamar perawatan menunggu panggilan untuk operasi. Tiang infus sudah berada di samping tempat tidur putriku. Kudengar kaki melangkah, seperti suara kaki suster yang menuju ke kamar perawatan, dan benar saja ternyata itu suster.

"*Assalamualaikum*, Nur. Apakah sudah siap ke ruang operasi?" tanya suster kepada anakku.

"*InsyaAllah* siap, Suster. *Bismillah*," jawabnya sambil tersenyum tegang terlihat dari raut wajahnya yang imut.

Setibanya di ruang operasi, beberapa Dokter sudah siap melakukan tugasnya. Dari luar ruangan, kami semua hanya bisa berdoa agar operasi berjalan dengan lancar. Keluargaku menguatkanku.

Sebelumnya aku sudah berpesan pada Nur agar tidak lupa berdoa dan menyerahkan semuanya kepada Allah Swt..

InsyaAllah, Allah akan jaga dirimu selama operasi, Nak.

Kutahan air mataku dan kutenangkan jiwaku dengan zikir dan berdoa kepada Allah.

*Alhamdulillah* sekitar 3 sampai dengan 4 jam, operasi berjalan, hatiku gelisah dan tanganku terasa dingin sambil kupegang tangan suamiku.

Akhirnya operasi selesai dan berjalan dengan lancar. Tiba-tiba terdengar suara Dokter dari ruang operasi dan memanggil, "Keluarga Nur, untuk sementara waktu, pasien biarkan tenang dulu sambil menunggu pemulihan."

"Baik, Dokter."

Ya Allah semoga hasil biopsinya bagus. Gumamku lagi dalam hati.

Suami dan keluargaku berusaha menenangkan hati dan menguatkan diriku.

"*InsyaAllah*, hasilnya akan baik-baik saja dan serahkan semuanya kepada Allah Swt.."

Satu minggu pasca operasi selesai, aku dan suami kembali ke rumah sakit untuk mengetahui hasil biopsi dari laboratorium. Selama kurang lebih 4 jam kami menunggu hasil di ruang laboratorium, kemudian seorang Dokter memanggil.

"Atas nama Nur, silakan masuk!"

"Baik, Dokter. Terima kasih."

Dokter mempersilakan kami duduk dan menyerahkan hasil laboratorium.

"Ini, Pak, Bu, hasil keterangan biopsinya ada di keterangan kertas ini."

Setelah kubaca dan hampir aku tidak memahami tulisan di kertas tersebut. Namun, mataku tertuju di bagian bawah kertas bertuliskan diagnosa *Nefroblastoma*. Aku belum mengerti dan belum paham.

Dokter pun belum menjelaskan kepadaku saat jam istirahat. Akan tetapi, tanganku gatal untuk membuka *google* dan mencari tahu apa itu *Nefroblastoma*.

Setelah kucari tahu melalui *google*, seketika hatiku hancur, menangis, sedih, tidak berdaya, rapuh, bahkan ingin berteriak karena *Nefroblastoma* adalah kanker ginjal penyakit langka pada anak.

Ya Allah, betapa berat ujian yang Engkau berikan kepada anakku.

Sambil kupeluk anakku, aku berkata, "Nak, perjuangan kita belum berhenti sampai di sini. Kita masih berjuang melawan kanker ginjal, dan ini adalah awal dimulainya perjuanganmu, Nak."

"Ayah dan Mama akan menemanimu sampai pengobatanmu selesai, dan akan selalu mendampingimu." Tangis kami semua pecah membuat suasana kian haru.

Yaa Rabb, hanya kepada Engkau-lah kami mohon pertolongan.[]

Namanya **Padilah**. Ia lahir di Jakarta, 16 Desember 1981. Padilah merupakan alumni S1 STAI DDI Majene Fakultas Tarbiyah. Menulis adalah hal yang baru baginya, dan ia ingin berbagi cerita pengalaman sehingga ia akan tetap terus menulis. Padilah adalah seorang guru madrasah di Majene. Selain guru, ia juga seorang psikoterapis, EFT, *life coach*, dan instruktur e-guru.id.

Saat ini, penulis berdomisili di Majene Sulawesi Barat. Pembaca bisa lebih dekat dengan penulis lewat akun sosial media Facebook: Padilah Apriyanto.

# Merah Putihku Terus Berkibar

PETER LEI

Mentari pagi kini menyapa keceriaanku saat menyambut hari. Aku begitu bersemangat membuka jendela harapan untuk menatap hari yang baru. Mengubah dinginnya malam menjadi hangat, dan menyapa pagi dengan mengobarkan semangat serta niat yang besar.

Tidak lupa aku mengawali pagi ini dengan penuh kasih dan cinta yang telah diberikan oleh Yang Maha Kuasa. Tidak lupa juga aku mengucap syukur kepada-Nya.

Mataku tertutup rapat, kedua tangan terkatup rapi dalam diam dan tenang sembari kulantunkan seutas doa harapan. Tidak lupa memohon berkat serta perlindungan dari semesta. Terpaan angin dingin merajuk lembah yang dikelilingi bukit-bukit nan menjulang tinggi dibalut kabut awan putih.

Di sanalah rumah kecilku. Rumah tempatku berlindung bersama seribu harapan yang tidak menentu dan masih terbungkus rapi. Di situlah juga pori-pori semangat besarku perlahan terbuka. Juga tidak musnah seiring masa yang hampir menghancurkan impian karena penyakit dunia.

Sungguh mereka ingin membunuh ruang dan waktuku. Kabut tebal menghalangi pandanganku, dan semakin kuat menyelimuti jalanku, seakan keinginan duniawi mencoba menutup dan membunuh damai di hari ini.

Aku masih berpijak dengan tegar menanti kejujuran dan mengharapkan sebuah kepastian. Kedua bola mataku menatap tajam akan lambaian sang bendera merah putih yang berkibar rapi dan gagah menghiasi deretan gedung-gedung kecil di lembah, dan diapit sekat-sekat berdinding bambu, serta beratap hasil pabrik modern yang setengah karat siap menanti musim panas.

Aku bergegas menuju sungai dengan menuruni jalanan yang terjal. Terdengar beriaknya air seolah menyapaku untuk lebih cepat bersiap-siap ke sekolah. Sembari ketukan tegas dari detakan jarum jam dinding yang cepat dan cekatan menghitung angka-angka melingkar penuh sempurna menemani dinding bambu rumahku.

Dengan lincah aku mengambil langkah, dan tidak lupa mencium tangan kedua orang tuaku seraya meminta berkat mereka. Aku terus mengejar waktu mengikuti apa yang diinginkan oleh mimpiku. Ya, mimpi menatap masa depan yang indah.

Sang surya semakin tampak membuka sinarnya seakan mengisyaratkan agar aku bergegas melangkah menuju sekolah. Melewati tapak jalan penuh kerikil tajam yang setiap pagi kunikmati penuh tekad dengan tersisip rapi putih abu-abuku. Aku selalu bersemangat. Dalam benakku, aku terus bertanya, seindah inikah alamku?

Merah putih melambai penuh warna dan tenang. Tak terlihat jenuh serta letih. Semangatnya tidak mudah hilang dan memudar. Rasa pesimis itulah yang akan membunuh sikap dan kepercayaan atas nikmatnya hidup yang lebih sempurna ini.

Lonceng sekolah telah berbunyi menandakan waktu belajar akan dimulai. Deretan senyuman kecil di antara aku dan teman-temanku yang saling menatap kebahagiaan karena bertemu kembali dan bisa berbagi cerita. Kami belajar bersama di sekolah yang hanya berlantai tanah.

Kami berbaris rapi di halaman sekolah. Di bawah naungan mentari hangat penuh kasih sayang, yang telah mengizinkan aku bersama teman-teman menatap tegas dan tegap pada sang merah putih. Kami tidak pernah kenal lelah dalam mengenang semangat juang para pejuang.

Meskipun para pejuang lelah dan letih berjuang untuk membela tanah air serta bangsa tercintaku ini, mereka telah membebaskan kami dari segala kemunafikan dan keserakahan lawan. Keserakahan lawan yang ingin merebut mimpi-mimpi kami sebagai anak bangsa.

Dalam suasana yang sepi dan tenang, membawa rasa damai antara kami bersama Bapak dan Ibu guru sambil mendengarkan arahan, dan nasihat dari mereka. Ruang kelas telah bersih meskipun beralaskan tanah. Di sinilah kami duduk bergandengan satu meja dan kursi yang hitungannya tidak cukup dan tidak layak.

Namun, ini semua tidak mengurangi semangat kami untuk menimba ilmu. Rasa damai menemani dalam kesederhanaan. Membangun cita-cita dan harapan dari puing-puing kekecewaan. Saatnya berdiri tegar dan kuat walau entah sampai kapan hingga tanpa batas menyambut kesuksesan.

Semua buku mata pelajaran tersusun rapi. Seakan telah siap menyapaku bersama teman-teman agar siap menerima ilmu di dalam kelas. Kami juga tidak putus asa akan tugas yang diberikan oleh Bapak dan Ibu guru.

Semangat jiwa kecilku tidak mudah patah dan lemah diusik oleh waktu dan nasib meski aku adalah anak kampung. Aku hanya anak kampung dengan kebutuhan ekonomi yang terbatas. Aku sadar aku berasal dari dusun kecil yang dilahirkan dengan seribu kesederhanaan.

Aku juga sadar bahwa aku anak bangsa, dan aku salah satu anak yang terlahir di bumi pertiwi tercinta yang berhak menimba ilmu bersama teman-teman. Tatapan mungil saat mendengarkan penjelasan sederhana nan bermakna. Bagiku hal tersebut tidak terlepas dari bisikan merah putih yang menghilangkan rasa kebosanan, dan kemalasan pada diri kami.

Miskin akan karakter anak bangsa dari penyakit dunia seolah hanyalah sebuah hiburan semata. Merenungkan nasib bukan membunuh semangat dalam diam hingga membungkam. Perjuangan abadi tidak mengenal usia, dan tidak curang bersama waktu. Merah putih adalah semangat bagi pemuda, dan berjuang dalam bergenerasi, merdeka, cerdas dan mulia untuk tanah air, serta bangsa tercinta. []

**Petrus Lei Laru, S.Pd.** atau yang biasa disapa Peter Lei memiliki hobi membaca buku cerita dan menulis puisi. Dia juga suka bermain bola voli dan renang. Beralamat di Larantuka, Kabupaten Flores Timur, Petrus mengajar di salah satu Sekolah Menengah Atas (SMA) sebagai Guru Bahasa Inggris di Kabupaten TTS, Provinsi Nusa Tenggara Timur.

Saat ini dia juga telah menulis lebih dari 30 puisi dan pantun melalui grup ruang belajar SCK. Alasannya terjun di dunia literasi adalah menulis sebagai aktivitas yang harus dikembangkan oleh seorang pengajar selain berbagi ilmu bahasa.

Dia juga harus bisa membuktikan bahwa melalui literasi, bahasa ibu pertiwi sendiri pun harus dilestarikan seutuhnya, serta agar dapat menguasai bahasa sendiri dengan baik. Percayalah, dunia literasi itu menarik.

# Beratnya Menahan Rindu

Dwi Lestari

"Nanti Ibu akan beliin kamu gelang sama kalung biar tambah cantik," kata Nita pada putrinya.

"Aku nggak mau gelang sama kalung, Bu. Aku mau Ibu di sini aja, jangan pergi," balas Nay. Dia menggenggam erat tangan ibunya. Berharap ibunya membatalkan kepergiannya untuk menjadi asisten rumah tangga di ibu kota.

"Ibu berangkat ya, Sayang," kata Nita lalu mencium putrinya sebelum naik bus. Dia melepaskan genggaman tangan Nay dengan paksa. Toni membantu ibunya karena Nita kesulitan melepaskan tangan Nay.

"Mas, nitip Adik ya. Jangan pada bertengkar!" kata Nita pada putra sulungnya.

"Iya Bu, Ibu hati-hati ya!" seru Toni yang tampak lebih dewasa dari anak seusianya. Dia menyalami ibunya dan mencium punggung tangannya.

"Ibu ... jangan pergi ...!" teriak Nay sambil menangis pilu.

"Nay mau ikut Ibu."

Namun, bus itu tetap melaju meninggalkan Nay dengan tangisan. Harapannya mencegah Nita pergi pun sudah lenyap. Dari dia lahir hingga kini berusia 8 tahun, ibunya selalu berada di sisinya. Lalu sekarang dia harus tinggal bersama nenek, kakek, dan kakaknya.

"Sudah Dik, jangan nangis lagi. Ibu kan bekerja untuk biaya sekolah kita," kata Toni, Kakak Nay, yang berusia 11 tahun.

"Nay mau Ibu di rumah lalu kita berhenti sekolah dan menjadi orang bodoh?"

"Tidak mau. Nay mau sekolah. Nay juga mau Ibu di rumah," jawab Nay.

Nay masih menangis sesenggukan, bahkan seharian dia mengurung diri di kamar tanpa makan dan minum. Sementara itu, Nita memandang ke arah luar jendela bus dengan air mata yang bercucuran. Dia harus meninggalkan kedua anaknya bersama kakek nenek mereka di desa. Nita harus berjuang untuk menghidupi kedua anaknya yang masih membutuhkan banyak biaya untuk pendidikannya.

Suaminya meninggal ketika Nay berusia 4 tahun disebabkan kanker otak yang menggerogotinya. Untuk biaya pengobatan suaminya, Nita harus menjual rumah yang baru saja selesai dibangun. Dia juga harus menguras tabungan hingga tanpa tersisa, berharap dengan pengobatan yang dijalani bisa menyembuhkan suaminya. Namun, Allah lebih menyayangi suaminya sehingga dia dipanggil lebih cepat.

Ingin rasanya Nita merutuki takdir yang diberikan kepadanya. Di usia pernikahannya yang ke-10 tahun, dia harus kehilangan suami dan harus mengurus kedua anaknya. Dia hanya lulusan sekolah dasar dan tidak punya keahlian apa pun. Namun, karena keadaan memaksanya untuk terus berjuang demi putra-putrinya, dia pun kembali bangkit.

Sepeninggal suaminya, Nita bekerja di pabrik pembuatan keripik tempe selama 4 tahun. Lalu dia bertemu pelanggan keripik tempe yang membutuhkan asisten rumah tangga untuk saudaranya di ibu kota. Nita pun tertarik dengan tawaran gaji yang diberikan karena dia akan mendapatkan gaji dua kali lipat dari pendapatannya selama ini.

Perjalanan menuju ibu kota ditempuh dalam waktu 17 jam perjalanan karena jalan tol belum sampai hingga ke kampungnya.

Sesampainya di rumah majikan barunya, Nita disambut dengan baik.

"Semoga betah ya Mbak bekerja di sini. Saya Nindi, panggil saja Bu Nindi. Ini suami saya Pak Manto. Ini anak pertama saya, Clara kelas 1 SMP, Kristin kelas 3 SD, dan juga Jhon masih TK," kata Nindi, majikan baru Nita.

Nita pun menyalami majikan baru dan juga anak-anaknya. Ketiga anak majikannya juga ramah dan mau mencium tangan Nita yang akan menjadi asisten rumah tangga di rumah Nindi.

"Mbak Nita di sini anggap saja sedang di rumah sendiri. Kamar Mbak ada di lantai dua ya, nanti biar ditunjukkan sama Clara. Sekarang Mbak boleh istirahat saja dulu. Bekerjanya mulai besok saja," ucap Nindi dengan senyum ramahnya.

"Terima kasih banyak, Bu," ucap Nita senang karena majikannya ternyata berasal dari desa yang sama dengannya.

Dia pun bekerja sepenuh hati agar majikannya menyukai hasil pekerjaannya, dan tidak memberhentikannya. Karena untuk lulusan sekolah dasar sangat sulit mencari pekerjaan. Apalagi statusnya yang hanya seorang janda dengan dua anak.

Nita menjalani hari-harinya dengan rasa sedih yang tak mampu dia ungkapkan. Hanya di atas sajadah dia menangis dan memohon diberi kesabaran agar perjuangannya meninggalkan anak-anak tidak sia-sia. Nita harus rela menahan rindu yang setiap hari kian menyakitkan.

Seminggu sekali dia akan pergi ke wartel milik tetangganya di kampung jika dia merindukan anak-anaknya.

Lebaran adalah momen yang ditunggu oleh Nita dan juga kedua anaknya karena Nita bisa pulang kampung selama seminggu di sana.

"Sayang, Ibu punya sesuatu untuk Adik," ucap Nita ketika sedang berada di kamar bersama kedua anaknya.

"Apa itu, Bu?" tanya Nay penasaran. Dilihatnya Nita membuka dompet kecil seukuran telapak tangannya.

"Tara!" seru Nita sambil memperlihatkan gelang dan kalung berukuran kecil untuk Nay. Sebuah kalung emas dengan karat paling rendah karena harganya tentu saja lebih murah.

"Bagus banget, Bu. Ini buat Nay?" tanya Nay tidak percaya.

"Tentu saja Sayang," jawab Nita.

"Sini Ibu pakaikan buat Adik!"

Nay pun mendekat kepada Nita. Lalu kalung serta gelang segera dipakaikan kepadanya.

"Makasih ya, Bu," ucap Nay bahagia lalu memeluk Nita.

"Sama-sama, Sayang," jawab Nita.

"Nah, sekarang giliran Mas nih. Sini Mas, Ibu punya hadiah juga," kata Nita meminta putranya menghampirinya.

Nita memberikan sebuah kotak kado kepada Toni. Toni pun membukanya. Sebuah jam tangan, barang yang pernah diinginkan Toni, tapi belum terpenuhi karena uang Nita belum cukup jika digunakan untuk membeli barang selain kebutuhan pokok.

Ketika ada tetangga yang melihat Nay memakai perhiasan emas, mereka pun berkasak-kusuk hingga tersebar gosip jika Nita menjual diri di kota. Nita pun hanya mengucap *istighfar* dan memohon diberi kesabaran oleh Allah.

Seminggu adalah waktu yang sangat singkat untuk melepas rindu kepada ibunya hingga waktu perpisahan pun kembali datang.

Nay kembali menangis, seperti setahun yang lalu. Dia selalu melepas kepergian ibunya dengan air mata.

"Adik, setelah besar nanti, Adik akan paham kenapa Ibu ninggalin Nay bersama Kakek dan Nenek. Adik belajar yang rajin ya, nurut sama Kakek Nenek," kata Nita sebelum meninggalkan putrinya.

"Jangan nangis. Kalau Adik nangis, nanti Ibu juga ikutan sedih. Doain rezeki Ibu lancar, jadi Mas sama Adik bisa sekolah sampai SMA."

Nay hanya mengangguk, tapi dia tidak bisa untuk menahan air matanya agar tidak keluar. Toni hanya melihat interaksi ibu dan adiknya. Dia sudah paham ibunya bekerja untuk dia dan adiknya sekolah. Toni tidak pernah protes pada ibunya. Sepenuhnya dia mendukung pekerjaan ibunya. Toni hanya bisa membuat adiknya fokus dengan sekolah dan melupakan sejenak kesedihannya karena rindu dengan ibunya.[]

Namanya **Dwi Lestari**. Penulis kelahiran Gunungkidul, 29 tahun yang lalu, dulunya adalah seorang guru matematika. Setelah menikah, penulis memutuskan berhenti mengajar dan fokus mengurus keluarga. Untuk sekadar menghilangkan bosan yang melanda dan mengembangkan bakat menulis, dia mulai menulis novel di *plat form online* Fizzo dengan nama pena Dwilestari.

Penulis berdomisili di Kabupaten Tangerang, Banten. Walaupun bukan berlatar belakang di bidang sastra, penulis gemar membaca. Sejak SMP, ia selalu menghabiskan waktu istirahat untuk membaca di perpustakaan sekolah.

Untuk mengenal penulis lebih jauh, kalian bisa *follow* IG-nya @Dwilstari0812. Semoga setiap cerita yang ditulis, bisa diambil pelajaran dan bisa menginspirasi para pembaca.

# Izinkan Aku Berhijab

EKHA SULTHONY

Setiap muslimah diwajibkan untuk menutup auratnya. Tidak ada lagi yang patut dipertimbangkan dalam menutup aurat. Apalagi jika seorang muslimah tersebut telah beranjak dewasa. Hijab, sebuah kata yang sudah tidak asing lagi terdengar di telinga. Namun, masih banyak orang yang salah dalam mengartikannya.

Akulah Karin, seorang gadis belia yang suka keluyuran dan berpakaian selalu seksi. Berkumpul dan bergaul dengan orang-orang yang sefrekuensi denganku. Kini, setelah kepergian ibuku tercinta beberapa hari yang lalu, aku ingin berubah. Menuruti keinginan ibuku untuk menjadi seorang gadis yang salihah. Gadis yang selalu berbuat baik, dan selalu berada di jalan Allah Swt..

Aku ingin menunjukkan baktiku sebagai seorang anak yang patuh kepada orang tua. Meskipun aku tahu, akan banyak temanku yang pergi menjauhiku.

"Halahhh ... mimpi apa kamu, Rin? Kok tiba-tiba pakai baju beginian. Mana pakai hijabnya langsung gede begini lagi, nggak banget deh Rin!" ucap Erni dengan mata terbelalak dan penuh keheranan saat melihatku.

Setiap pagi kami selalu berangkat ke kampus bersama. Aku hanya bisa tersenyum menatapnya, sedangkan Erni masih sibuk mengelilingiku dengan rasa penasaran.

"Kamu nggak lagi mimpi, kan, Rin? Kemarin kamu masih biasa aja. Masih dengan rambut terurai dan baju seksi.

Eh, kenapa sekarang jadi begini? Apa kamu lagi sakit?" tanya Erni dengan wajah penasaran.

Belum sempat aku menjawab pertanyaannya, dia sudah bertanya lagi.

"Rin, kenapa kamu juga nggak pakai *make-up*? Jelek tahu, kamu kelihatan pucat. Cepetan dandan sana, biar aku tungguin."

Aku hanya tersenyum dan memandang wajah sahabatku itu. Aku tahu ada segudang pertanyaan yang menyelimuti hatinya.

"Aku baik-baik saja. Kamu nggak usah khawatir. Ini semua karena Allah. Demi kebahagiaan kedua orang tuaku. Terutama ibuku, jadi izinkan aku berhijab, ya," jawabku.

Erni masih terlihat bingung dengan jawabanku. Ia masih belum percaya dengan apa yang didengar dan dilihatnya. Ia tak pernah mengira kalau aku akan mengubah penampilan seperti ini.

"Rin, kamu nggak takut kalau nanti teman-teman akan ninggalin kamu, bahkan bisa jadi Mas Rial akan ninggalin kamu?" tanya Erni kembali.

Aku memeluk sahabatku itu seraya meyakinkannya.

"Aku tidak takut jika nanti aku tidak lagi mendapatkan cinta dari Mas Rial. Aku malah takut jika aku tak lagi mendapatkan cinta dari Allah. Aku tak akan mengejar cinta Mas Rial. Aku hanya akan mengejar cinta Allah."

Kali ini aku benar-benar ingin berubah. Aku ingin beristikamah meskipun banyak orang yang akan menjauhiku. Aku tak peduli. Hatiku telah yakin untuk menutup aurat sesuai syariat Islam.

"Er, yakinlah kepada Allah. Kita nggak perlu takut kehilangan siapa pun dalam hidup kita. Allah selalu bersama kita. Meskipun nanti teman-teman atau Mas Rial akan meninggalkanku, aku akan tetap baik-baik saja. Nah, sekarang kamu sendiri bagaimana, masih mau berteman denganku nggak?" tanyaku sambil menarik hidung sahabatku itu.

"Gimana, ya, Rin, sepertinya aku malu kalau jalan sama kamu. Ntar kata orang aku jalan sama karung. Coba saja kalau hijab kamu itu yang trendi, gaul, modis, dan kekinian. Aku pasti mau jalan sama kamu Rin. Nah, ini hijab kamu bisa-bisanya sampai ke seluruh tubuh kamu gitu. Serem lihatnya. Jadi maaf ya Rin, aku nggak mau lagi berteman dengan kamu." Erni menjawab dengan kesal dan berlalu meninggalkanku.

Lagi-lagi aku hanya dapat tersenyum dengan mata berkaca-kaca. Sahabat yang selama ini menjadi teman berbagi saat suka maupun duka kini berpaling menjauhi, dan meninggalkan aku. Entah apa yang ada di dalam benaknya. Aku pun tidak tahu pasti.

Memang bagi teman-temanku yang biasa hidup dalam dunia gemerlap, keberadaan wanita berbusana syar'i masih dianggap aneh dan menakutkan. Mereka masih menginginkan aku berbusana seksi walaupun berhijab. Hijab gaul atau trendi yang dianggap kekinian, dengan melilitkan hijab di leher, dan memperlihatkan keindahan lekuk tubuhku.

Tidak lama kemudian suara Mas Rial mengagetkanku. Namun, dia langsung terdiam dan terpaku setelah melihat penampilan baruku. Bukan rona bahagia yang terpancar dari wajahnya, melainkan wajah muram dan sepertinya jijik melihatku.

"Rin, cepat tukar pakaiannya. Mas nggak suka lihat kamu begitu," pinta Mas Rial dengan wajah yang benar-benar marah.

"Tidak akan Mas. Aku akan tetap seperti ini. Izinkan aku tetap behijab Mas. Terserah kamu suka atau tidak. Kalau kamu tidak suka, kamu boleh pergi," sahutku tanpa memikirkan perasaan yang pernah ada di antara kami berdua.

Raut wajah Mas Rial semakin memerah mendengar jawabanku. Sambil memahan amarah dan tanpa berbicara satu patah kata pun, dia berlalu pergi meninggalkan aku sendiri. Aku tahu dia pasti akan pergi melihat aku seperti ini.

Meskipun sakit yang kurasa, aku tetap pada pendirianku. Aku akan tetap berjuang untuk mempertahankan hijabku ini. Meskipun teman-teman, tetangga, bahkan kekasih hatiku yang selama ini selalu memberikanku semangat dan kekuatan ikut pergi menjauhiku.

Biarlah mereka meninggalkan aku sendiri. Biarlah mereka menganggapku aneh. Aku tak bisa menentang persepsi mereka tentang diriku dan wanita sepertiku. Aku yakin bahwa ini semua dapat kulalui dengan baik karena ini semua demi kebaikanku.

Manusia merupakan makhluk mulia yang mempunyai keistimewaan. Jadi kita harus menaati perintah dan menjauhi larangan Allah Swt.. Salah satu perintah-Nya adalah untuk menutup aurat. Aurat wanita adalah seluruh tubuh, kecuali bagian wajah dan telapak tangan.

Menutup aurat bagi seorang muslimah bukan hanya sekadar kewajiban belaka, tetapi juga merupakan wujud cinta dan kasih sayang seorang anak perempuan pada ayahnya, dan juga saudara laki-lakinya. Juga kepada suaminya jika kelak ia sudah berumah tangga.

Dengan menutup aurat, kehormatan seorang muslimah akan tetap terjaga. Ibarat sebuah permen lolipop, yang terbungkus akan lebih bersih dan baik daripada yang tidak terbungkus.

**Ekha Sulthony**, seorang ibu rumah tangga yang terlahir dan besar di Desa Pematang Kerasaan, Kabupaten Simalungun, Sumatra Utara. Ia merupakan seorang ibu dari seorang anak perempuan dan seorang anak laki-laki. Menyelesaikan pendidikan terakhirnya di Universitas Simalungun, Fakultas Keguruan dan Ilmu Pendidikan.

Menulis merupakan hal yang baru baginya. Dengan menulis, ia dapat meluapkan segala emosi yang ia rasakan dan terpendam, yang tak dapat ia katakan kepada orang lain. Awalnya ia hanya mengikuti jejak teman-temannya yang gemar menulis. Namun, lama kelamaan ia malah ketagihan untuk terus mengasah kemampuan dan kreativitasnya dalam menulis. Ia bisa disapa melalui akun facebooknya: Ekha Sulthony.

# Maaf Cahaya Hati

PADILAH YUSUF

Malam itu, hujan rintik-rintik dan angin berembus dengan lemah gemulai. Suara petir terdengar dari barat, timur secara bergiliran. Dalam kesendirian, aku mulai takut dan memejamkan mata sambil menarik selimut agar dapat tertidur. Tidak lama kemudian, terdengar ketukan pintu rumah. Ternyata suamiku pulang dengan pakaian yang basah karena terjebak hujan di jalan.

"Sayang, kok belum tidur?" tanya suami.

"Belum mengantuk, Yank," jawabku.

Setelah suami ganti pakaian, kami duduk di kursi sambil menikmati minuman teh hangat di ruang tamu dan aku seperti biasa menjadi pendengar budiman.

Tidak terasa malam semakin larut, suasana mata sudah tidak mendukung untuk mendengarkan cerita suami. Akhirnya kami pun bersepakat untuk mengakhiri cerita dan bergegas tidur.

Karena waktu bercerita di ruang tamu tadi, hanya dia yang selalu berbicara tentang peliharaan dan kerjaannya, sampai aku tidak sempat diberi waktu untuk bertanya. Hati istri pasti masih belum puas sebelum tahu jawaban mengapa suami pulang malam. Pikiran negatif terus menghantuiku.

Di tempat tidur aku tetap berjuang memberanikan diri bertanya. "Sayang, kenapa pulang malam?"

Suami menjawab, "Ehm, ngantuk?"

Aku sebagai istri hanya bisa bersabar sambil mengelus dada. Dalam hati, mungkin malam ini tidak tepat untuk berdebat. Dia pun terus tidur tanpa memikirkan hatiku yang sakit.

Suara ayam jago di belakang rumah terdengar. Suara azan subuh bersautan dari masjid. Aku pun terbangun dan menunaikan ibadah salat subuh. Dengan perlahan aku memberanikan diri membangunkan suamiku untuk salat subuh, ternyata dia marah dan membentak.

"Aku masih ngantuk sekarang, besok aku sholat!"

Dengan sabar aku mengelus dadaku. Dalam salatku, aku berdoa agar dibukakan pintu hidayah untuk suamiku dan lebih menyayangiku.

Aku masih berjuang untuk mengetahui apa yang terjadi pada suamiku yang berubah. Dia pun mulai memberikan makan ayam jagonya dan selalu memberikan perhatian khusus untuknya (ayam). Aku sabar dan ikhlas demi kesuksesannya. Apa pun akan aku lakukan agar suamiku bahagia dan sukses dalam usahanya.

Siang hari, setelah makanan siap dihidangkan, aku kembali memanggilnya untuk makan bersama. Setelah makan, aku masih memberanikan diri bertanya kepadanya.

"Kenapa pulang malam, sayang?"

"Kalau sudah mau tidur jangan bertanya, karena rasa mengantuk akan hilang jika kita bicara lagi. Abang pulang malam karena kawan minta minum kopi bentar. Keasyikan bicara, Abang lupa pulang sampai kehujanan," jawabnya dengan suara yang lembut.

"Oh, mulai sekarang dan seterusnya tidak akan pernah aku tanya lagi kamu dari mana," jawabku dengan nada kasar.

Emosinya pun memuncak dan kami saling adu mulut.

"Cukup ya!" katanya dengan nada membentak.

Karena aku sadar bahwa aku bukan istri yang sempurna untukmu dan perang dingin terjadi.

Setelah dua jam lebih merenung dan saling berpikir perkataan kasar masing - masing, akhirnya dia mendatangiku ke kamar dan mengatakan "maaf". Aku pun mengatakan "maaf" juga. Karena dia yang salah, dia minta maaf dan aku maafkan. Aku juga emosi, dan aku pun merasa bersalah dan minta maaf padanya.

Mungkin karena sifat kekanak-kanakan yang kami miliki ini membuat kami sulit untuk mendapatkan keturunan.

"Kita ubah sifat kita dan saling mengerti juga menghargai," pintanya padaku.

"Oke, kalau begitu berubah menjadi lebih baik, tidak meninggalkan perintah Allah dan menjauhi larangan-Nya," jawabku. Suami pun mengiyakan.

Hanya karena kata maaf dapat menyatukan kami kembali dan saling introspeksi diri sendiri serta dapat menggapai cahaya dan merasakan kenikmatan di hati masing-masing.

Siang malam kami berdoa agar kelak kami menjadi orang tua, menjadi ayah yang baik dan ibu yang selalu dirindukan oleh anaknya. Sekarang kami ikut program hamil agar keinginan kami segera terwujud. Semoga akan indah pada waktunya. Jangan pernah berpikir suami tidak sayang dan sebaliknya. Jangan menyakiti diri sendiri dengan berpikir yang negatif.

*Here now*, aku berpikir bahwa masa lalu biarlah berlalu. Jadi jangan pernah berpikir mundur, buang sampah yang sudah penuh di dalam pikiran agar hidup kita aman dan tenteram. Jangan pernah menimbulkan pertengkaran karena masalah kecil dan berlanjut membesar.

Aku sendiri sering melakukan *here now* dengan memeluk diri sendiri dan menyayangi serta membuang pikiran kotor yang sering muncul agar kepala ringan dan hidup penuh bermakna.

Sekarang aku semakin mengenal karakter diri sendiri, lebih banyak mengalah, dan saling berbagi serta lebih dewasa dalam menyelesaikan masalah yang dihadapi. Begitu juga dengan suami. Dia selalu mengatakan maaf jika salah. Namun, jangan sampai berbuat salah keseringan, karena akan berakibat buruk nantinya. Semoga kita selalu dalam lindungan Allah Swt..

Pada Tanggal 15 Agustus 2013, kami pun semakin bahagia dengan kehadiran seorang anak yang cantik jelita, semoga menjadi anak yang salihah. Akhirnya dengan kata maaf kami pun memperoleh kebahagiaan dan tetap bersama menjalin mahligai rumah tangga yang sakinah, mawadah, warahmah. Salam pejuang garis dua.[]

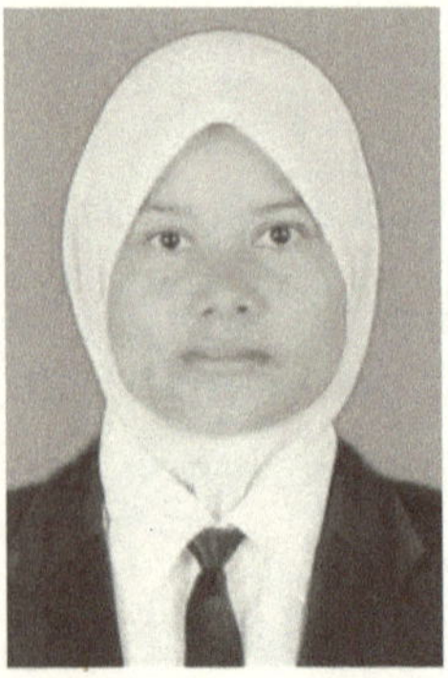

**Padilah** adalah nama aslinya. Dila merupakan wanita kelahiran Kutacane Aceh Tenggara, 09 Februari 1987. Biasa dipanggil dengan sebutan Tek Yoh di kampungnya. Di sekolah dipanggil dengan nama Dila.

Menulis memang salah satu hobinya, tetapi baru kali ini belajar menulis cerpen. Sehari-hari ia bertugas mengajar di SMA Negeri 1 Ketambe sebagai Guru Matematika, dan ingin belajar menulis agar bisa menginspirasi kepada orang-orang bahwa guru eksak yang dianggap guru paling kejam, bisa juga menulis cerpen walaupun masih belum tepat.

Selain itu Dila juga ingin menciptakan puisi, tetapi masih dikarang agar dapat menghasilkan puisi yang bagus. Ia suka buat video di YouTube @padilah2982. Yang ingin berteman di sosial medianya, silakan mampir ke Facebook: Padilah yusuf.

# Semua Demi Khadijah

Nun Lilisula, A.M.K.L.

Siang itu mentari terik dengan panasnya seakan membakar tubuhku. Kulihat sosok perempuan berjalan tertatih-tatih menuju salah satu puskesmas di daerah Jakarta.

"Assalamualaikum warahmatullahi wabarakatuh. Mbak mau ke mana?" tanyaku padanya.

“Saya mau ke puskesmas, Mbak,” jawabnya dengan suara bergetar.

Tanpa menunggu lama, aku lalu memapahnya menuju puskesmas yang dituju dengan sisa tenaga yang kupunya agar beliau cepat tertangani tanpa memikirkan bagaimana dengan biayanya.

"Namaku Mawar dan aku nekat ke puskesmas ini tanpa uang sepersen pun. Aku tidak memiliki uang. Aku ingin bayi dalam kandunganku tertolong," ungkapnya sambil memperkenalkan diri.

Sambil terisak, Mawar lalu melanjutkan ceritanya.

"Suamiku sudah pergi sejak kandunganku berusia tiga bulan. Usia di mana seorang istri sangat ingin mendapat perhatian dari suami tercinta. Ingin dimanja layaknya ratu. Ingin agar semua kesusahanku di tanggung bersama, tapi hal itu tidak terjadi padaku. Dia pergi bersama selingkuhannya di saat aku sedang membutuhkan belaian, bantuan, serta pertolongannya. Allahu Akbar, sangat sakit hati ini."

Aku berusaha menjadi pendengar setia hingga mawar mengakhiri ceritanya. Setelah itu giliranku memberikan motivasi kepadanya agar ia tak berkecil hati dan tetap semangat.

"Mbak Mawar, *baarakallaahu fiik* (semoga Allah memberikan keberkahan untukmu). Sebenarnya Aku sangat iri kepadamu karena ujian ini. Sesungguhnya Allah tidak akan memberikan ujian yang besar dan berat, kecuali untuk hamba-Nya yang tepat, kuat, dan hebat. Mbak Mawar salah satunya."

Terlihat dari wajah cantiknya, ia merasa sedikit lega dan bahagia karena merasa menjadi salah satu hamba terpilih. Belum ada persiapan apa pun perihal penyambutan bayi yang nantinya ia lahirkan.

"Apa saja yang sudah disiapkan Mbak Mawar?" tanyaku ingin tahu.

"Maaf Mbak, saya belum mempersiapkan apa pun, bahkan selembar kain pun tak ada."

Mendengar jawabannya tubuhku terasa bergetar. Bagaimana tidak, waktu lahiran hanya menghitung hari dan belum ada persiapan apa pun. Jika bayi itu lahir mau dibedong dengan apa? Masa iya tidak menggunakan kain bedong, kain panjang, atau yang lainnya?

Aku segera pamit pulang dan kukumpulkan pakaian bayi milik keponakan-keponakanku berikut kain bedong dan kain panjang serta kebutuhan Mbak Mawar.

Alhamdulillah, persiapan selesai tepat pada waktunya. Aku segera kembali ke puskesmas dengan membawa semua perlengkapan yang sudah kusiapkan. Berharap dia dapat memilih mana yang lebih dibutuhkan untuk dipakai oleh bayinya nanti.

Malam ini aku memilih menginap di puskesmas. Aku ingin membersamai Mbak Mawar yang sudah tidak memiliki siapa-siapa lagi di kota ini. Aku juga ingin memotivasi dan memberikan semangat untuknya. Meskipun tanpa suami dan sanak saudara di sini, ada aku sebagai saudara se-akidah dan setanah air.

Karena terasa capek, aku beristirahat sebentar. Pukul 04.00 WIB tepat di hari Jumat terdengar suara tangisan bayi yang baru dilahirkan. Ternyata itu suara bayi Mbak Mawar.

Aku dipanggil oleh dokter dan tim medis untuk masuk ke dalam ruang persalinan. Sekejap mataku berkaca-kaca melihat Mbak Mawar dengan segala perjuangannya.

"*Baarakallaahu fiik* (semoga keberkahan Allah tercurah kepadamu) Mbak Mawar. Kamu telah melahirkan bayi perempuan yang cantik jelita. Semoga menjadi anak yang salihah ya, aamiin," ucapku penuh haru.

Mbak Mawar ikut mengaminkan doaku. Kemudian beliau memelukku dan menangis hingga terisak. Rupanya ia terharu, dan berbagai doa kebaikan ia mohonkan kepada Sang Pemilik Alam untukku. Tak tahan rasanya, bulir bening itu akhirnya jatuh dari sudut mataku setelah mendengar segala doanya.

Semua usaha telah selesai dan hasil pun terlihat. Mbak Mawar sudah pulih untuk perawatan kurang lebih lima hari di puskesmas itu.

"Bagaimana dengan biaya selama lima hari aku di sini, Mbak?" tanya Mbak Mawar kepadaku.

"Sudahlah Mbak. Jangan pikirkan itu. Masalah biaya akan menjadi urusanku."

Semua urusan puskesmas sudah selesai dan Mbak Mawar berikut bayi cantiknyaaku ajak dulu untuk menginap di rumahku sebelum nanti pulang ke kampung halamannya.

"Mbak Mawar, jika berkenan, nginap dulu di rumah kami sebulan atau dua bulan ya, biar nanti sehat dulu. Setelah itu, aku dan suami yang akan mengantarkan Mbak Mawar dan si kecil ke kampung halaman, insyaAllah."

Sesaat Mbak Mawar kembali menitikkan air mata.

"Terima kasih banyak Mbak. Saya tidak bisa membalas budi baik Mbak sewaktu kita bertemu sampai sekarang. Semoga Allah SWT memberikan kemudahan dalam setiap urusan Mbak dan keluarga ya, aamiin."

Begitu Mbak Mawar mendoakan aku dan keluargaku. Saatnya aku mengantarkan Mbak Mawar dan si kecil ke kampung halamannya di wilayah timur Jawa, tepatnya di daerah Banyuwangi.

"Dedek bayinya mau diberi nama siapa Mbak Mawar?" tanyaku dengan nada gembira.

"Kalau Mbak berkenan, saya ingin Mbak yang berikan nama pada si kecil."

Tanpa berpikir panjang, aku kemudian mengajukan sebuah nama yaitu Khadijah.

"Gimana kalau si cantik ini kita beri nama Khadijah? Nama wanita pejuang Islam pertama yang sangat taat kepada Allah dan Rasul-Nya yang mulia."

"Masya Allah, itu nama yang aku suka."

“Baik, sekarang kita panggil ia dengan nama Khadijah, ya." Mbak Mawar pun mengiyakan.

Beberapa waktu telah terlewati dan akhirnya sampai juga di kampung halaman Mbak Mawar. Begitu masuk rumah, kami disambut dengan senyum hangat dari semua anggota keluarga yang berada di sana.

Setelah urusan selesai, kami pun izin untuk pamit dan menyalami satu per satu orang yang hadir di sana hingga sampai di depan mbak Mawar yang terlihat mulai menangis lagi.

"Terima kasih untuk semua perjuangan dan pengorbananmu kepada saya dan si kecil, Khadijah, Mbak. Allah yang akan membalas semua kebaikan Mbak."

"Aamiin."

Selamat tinggal Mbak Mawar. Semoga sehat selalu dalam keberkahan Allah SWT, aamiin. Kembali kami berpelukan dan Mbak Mawar mengucapkan kalimat terakhir kepada kami.

"Selamat jalan Mbak dan Mas. *Fii amaanillaah* (semoga dalam lindungan Allah Swt., aamiin."[]

Namanya **Nun Lilisula**. Beliau adalah anak pertama dari tujuh bersaudara. Wanita yang akrab disapa Chi Nun ini lahir di Ambon, tepatnya di Desa Mamala, Kecamatan Leihitu, Kabupaten Maluku Tengah 44 tahun yang lalu. Hobinya menulis. Beliau sudah memiliki tiga buku antologi cerpen dan antologi puisi penulis se-Indonesia.

Sekarang dia sedang menyelesaikan naskah cernak (cerita anak) dengan judul "Ibu Lebah yang Baik Hati, Belajar Sabar dari Kupu-Kupu, dan Kucing Hewan Kesayangan Rasulullah, serta buku Kumpulan Quotes Penulis se-Indonesia". Wanita penyuka warna hitam ini bisa dihubungi lewat akun FB Nun Lilisula atau di nomor 081271295738.

# Pelangi dan Bintang

LISTYANINGSIH

Kehidupan setiap insan manusia itu berbeda. Ujian hidup tak ada yang sama, mungkin ada yang senasib denganku. Ya, dengan seorang anak yang berjuang sedari kecil. Sebagai anak yang tumbuh tanpa kasih sayang kedua orang tuanya yang berpisah, karena menganggapku adalah beban untuk mereka berdua.

Aku harus berjuang, mengais rezeki di salah satu desa di Malang, di usia yang seharusnya mencari ilmu dan bermain dengan teman sebaya.

Aku tumbuh tanpa kasih sayang orang tua, merasakan beratnya kerasnya hidup sejak usia lima belas tahun. Waktu itu, Ibu dan Bapak, pergi meninggalkan aku di rumah warisan Kakek. Aku yang tak tahu harus apa, hanya bingung duduk diam.

"Bintang, kamu mau bantu di kebun?" tanya Pak Awan, seorang tetangga, yang terkenal sebagai juragan sawi hijau.

"Mau, Pak."

"Nanti, kamu bisa makan di rumah Bapak, ya."

"Ya, Pak. Terima kasih."

Di kebun sawi milik Pak Awan, aku mengais rezeki untuk bertahan hidup. Adakalanya, tak mendapatkan upah, hanya mendapat nasi dan lauk untuk makan hari ini. Terkadang, diri masih berharap Ibu maupun Bapak kembali, untuk mengajakku tinggal bersama mereka.

Aku ingat pesan Mbah Yai yang kutemui di musala, doakan kedua orang tuamu. Walaupun, mereka tak menganggapmu. Mohon kepada Sang Kuasa untuk membukakan hati mereka. "Jangan benci mereka, karena mereka tetap kedua orang tuamu." Nasihat Mbah Yai.

Aku tahu, hati ini masih terluka dengan sikap kedua orang tua yang menelantarkan anaknya demi ego masing-masing. Di sisi lain, aku harus berjuang agar diri ini tak tumbang.

Suatu hari, Pak Awan memanggilku. "Bintang, nanti selepas magrib ke rumah Bapak, ya?"

"Iya, Pak."

Malam ini aku menerima kabar gembira. Pak Awan memberiku kesempatan untuk menempuh pendidikan yang telah setahun ini aku tinggalkan. Ia berpesan agar diriku bisa bersinar seperti nama yang tersemat sejak lahir.

"Terima kasih, Pak. Semoga saya bisa membalas jasa Bapak dan Ibu, suatu hari nanti."

"Sekarang, kamu harus fokus belajar, di sela-sela kamu bekerja di kebun," nasihat istri Pak Awan.

"Njeh, Bu. InsyaAllah."

Akhirnya, setelah satu tahun berhenti mencari ilmu, kini aku bisa bersekolah lagi, walau mengulang dari kelas satu. *Bismillahirrahmanirrahim*. Semangat Bintang!

Tiga tahun berlalu, masalah baru datang lagi dalam kehidupanku. Bapak yang dulu pergi, kini kembali ke rumah. Akan tetapi, bukan membuat anaknya ini bahagia. Namun, kepahitan yang datang.

"Bapak punya hutang lima belas juta, kamu harus bayar. Kalau nggak, Bapak akan pergi lagi!" Ancam Bapak, saat baru menginjakkan kaki di teras rumah.

Astaghfirullah, aku harus bagaimana, Yaa Allah? Ujian-Mu sangatlah berat.

Keesokan harinya setelah bekerja di kebun, aku menemui Pak Awan. "Pak, saya mau ambil tabungan selama tiga tahun ini."

"Ada apa? Bukannya itu untuk kamu sekolah?"

"Bapak saya punya hutang. Beliau minta saya untuk membayarnya," kataku tertunduk lesu, "Bapak mengancam akan pergi dari rumah lagi jika saya tak membayarkan hutangnya."

"*Astaghfirullah*, tega benar Bapakmu. Besok sore kamu ke sini lagi. Bapak mau ambil uangnya di bank dulu."

"Iya, Pak. Terima kasih."

Seminggu berlalu, Bapak sehat dan hutang terlunasi. Kini terjadi lagi cacian dan makian darinya, bahkan menceritakan kepada tetangga hal-hal yang membuatku dibenci oleh saudara Bapak.

Ya, Rabb. Ujian apalagi ini?

“Bintang harus sabar, jangan terbawa emosi. Nanti akan tambah tak karuan," nasihat Pak Awan.

“Sementara, kamu bisa tidur di rumah Bapak,” lanjutnya.

Bulan berganti, tepatnya tiga bulan telah berlalu. Bapak dan Paman datang lagi ke rumah, seperti biasa cacian dan kata-kata kotor terlempar. Ujung-ujungnya meminta sejumlah uang. Kejadian itu tak hanya sekali, tapi setiap dua bulan sekali mereka selalu datang untuk minta uang.

Aku tak enak hati dengan Pak Awan dan keluarganya, karena Bapak dan Paman mengacau di rumah dan juga di kebun miliknya. Hingga suatu hari, Pak Awan mengusulkan agar diriku pergi dari kampung halaman.

Ya! Aku ingat beberapa waktu lalu, salah satu pemilik kebun ternama di Bandung menawarkan diri untuk bekerja di sana. Beliau juga ingin mengangkatku sebagai anak angkatnya.

Merantau di Bandung, di salah satu kebun milik kerabat Pak Awan. Mereka tak lupa mengingatkanku untuk tetap mencari ilmu di sela-sela bekerja di kebun milik Pak Ardiwilaga.

"Kamu, harus tetap menomorsatukan belajar." Nasihat Pak Ardiwilaga, saat mengajariku membuat pupuk organik.

"Iya, Pak. Terima kasih."

Setiap hari, aku sempatkan untuk belajar dan bekerja, tak lupa mencari segenggam emas di pondok pesantren yang ada di dekat perkebunan.

Aku, masih ingat nasihat Mbah Yai. *"Jadilah manusia yang berhati Mekah, dan berotak Jerman."* Mbah Yai pun mengingatkanku untuk selalu mendoakan kedua orang tua walaupun mereka berdua tak pernah menganggapku ada.

Tujuh tahun berlalu, *alhamdulillah,* gelar Sarjana Pertanian sudah kugapai. Kini saatnya menerapkan ilmu yang sudah didapat. Aku putuskan untuk membantu Pak Ardiwilaga di kebunnya sebagai rasa balas budi, atas apa yang ia dan keluarganya berikan kepadaku selama ini.

Suatu hari, akhirnya aku kembali ke Malang. Aku akan mengelola perkebunan yang ada di sana. Di sisi lain, teringat masa lalu atas penolakan keluarga. Akan tetapi, aku ingin dekat dengan Bapak dan Ibu, serta keluarga Pak Awan yang baik hati selama ini.

Semoga dengan kepulanganku ke kampung halaman, bisa membawa kebaikan untuk semua, dan harapanku terbesar adalah mendapat kasih sayang dari kedua orang tuaku. Karena, selama ini aku berjuang untuk mendapatkan apa yang seharusnya menjadi hak seorang anak.

Kapankah pelangi datang dalam hidupku, atau masih terus berjuang untuk mendapatkannya?

Ya Rabb, akankah anak ini bisa mendapat cinta yang dirindukan sepanjang sejarah hidupnya?

Aku bagai menunggu pelangi setelah hujan.

***Cilacap, 18 Mei 2023***

**Listyaningsih**, seorang ibu rumah tangga yang berasal dari Cilacap, Jawa Tengah. Hobi menulis sejak di bangku SMA. Aktif mengikuti kegiatan literasi sejak akhir tahun 2019, di Komunitas KPP-CS, Belajar Berkarya, Sastra Senja, dan beberapa Penerbit. Karyanya ada di beberapa buku antologi baik puisi maupun cerpen.

Karya Solo: *Bahana Kalbu* (Antologi Puisi, Guepedia), *Menyingkap Masa Lalu* (Novel, LovRinz), *Celoteh Si Kecil* (Kumcer anak, Pena Baswara), Lila (Novelet, Bookies Indonesia), *Si Acil and Friends* (Kumcer anak, Pena Baswara).

Untuk berkenalan dengan penulis, bisa follow IG: Listyaningsih_23.

# Wabah Menuntunku untuk Berhijrah

ISMA SYIFA

Tahun 2019 adalah tahun di mana ada salah satu wabah yang menyebar di beberapa negara termasuk negaraku, Indonesia. Saat itu aku masih duduk di bangku kelas 2 SMK.

Akhir tahun 2019 aku masih menjadi diriku yang dahulu. Aku yang nakal, suka petakilan, tidak suka aturan, dan jauh dari jalan Tuhan. Saat itu juga aku masih bisa merayakan tahun baru dengan bermabuk-mabukan bersama kedua sahabatku, Liya dan Raya.

Setelah beberapa hari dari kejadian itu, awalnya aku merasa tidak ada yang aneh dari tubuhku. Sampai suatu sore saat aku baru saja pulang ke rumah dari kegiatanku di tempat aku menjalankan PKL, aku mulai merasakan ada keanehan di tubuhku. Napasku sesak, seperti paru-paruku sedang diikat dengan kuat.

Aku yang menyadari jika pola hidupku tak sehat, memutuskan untuk memberitahu kedua orang tuaku selepas mereka pulang dari bekerja.

"Bu, na ... napasku ... sesak," ucapku lirih kepada Ibu yang sedang melepas jaketnya.

Saat mendengar keluhanku, Ibu segera menghampiriku dengan raut wajah yang sangat cemas.

"Yah ... Ayah!" teriak Ibu memanggil Ayahku yang masih berada di luar rumah.

"Apa sih? *Astaghfirullah*, kamu kenapa, Nak?" tanya Ayah dengan panik ketika melihat wajahku yang sayu.

"Dessy sesak, Yah. Ayo bawa dia ke Dokter," ucap Ibu yang dijawab anggukan oleh Ayah.

Ayah dan Ibu pun memutuskan untuk membawaku ke salah satu rumah sakit yang tidak jauh dari rumah menggunakan mobil untuk melakukan *foto rontgen*.

"Bagaimana keadaan anak saya, Dok?" tanya Ayah saat Dokter baru saja selesai memeriksaku.

"Bapak dan Ibu tidak perlu khawatir. Saya lihat dari hasil pemeriksaan foto ini tidak ada masalah apa pun pada paru-paru Dessy. Semuanya baik baik saja," jawab Dokter.

"Mana mungkin tidak ada apa-apa, Dok. Dokter bisa lihat sendiri jika napas anak saya itu pendek-pendek," ucap Ibu.

Karena kami tidak percaya dengan apa yang dokter katakan, kami memutuskan melakukan *foto rontgen* sekali lagi di tempat yang berbeda. Namun, hasilnya tetap sama. Apa yang dikatakan dokter pertama dan kedua sama persis. Lalu, mengapa aku merasa sulit sekali untuk bernapas? itu yang terpikir olehku kala itu.

Dengan dibekali obat-obatan oleh Dokter, kami pun pulang. Aku yang masih kesulitan bernapas, hanya bisa meneteskan air mata. Beberapa hari setelah kejadian itu, orang tuaku menjalani hidup seperti biasa dengan bekerja dari pagi hingga malam, sedangkan kakak perempuanku, disibukkan dengan kuliahnya, dan tinggallah aku sendiri di rumah.

Ayah dan Ibu bukannya tidak ingin merawatku. Tuntutan pekerjaan mengharuskan mereka untuk meninggalkanku. Walaupun Dokter memberiku beberapa obat yang harus aku minum, sepertinya tidak berefek banyak pada napasku. Aku masih tetap kesulitan bernapas.

Di kesendirian, aku merenungkan diri sendiri. Kupejamkan mata yang tiba-tiba mengeluarkan air mata dengan napasku yang semakin sesak.

'Ya Allah, jika hari ini hari terakhirku, aku sangat menyesali segala perbuatanku di dunia ini. Aku masih belum memiliki bekal. Lantas, siapa yang akan mempertanggungjawabkan dosa-dosa hamba? Ya Allah, jika engkau memberiku satu kesempatan lagi, aku akan benar-benar bertobat. Menjalankan semua kewajibanku sebagai hamba-Mu dan menjauhi segala larangan-Mu.'

Saat itu aku yang merasa mulai membaik, dan yakin jika ini adalah kesempatan kedua yang Allah berikan untukku. Aku yang belum bisa melaksanakan salat karena sedang berhalangan, memutuskan untuk mempelajarinya terlebih dahulu sebab aku sama sekali tidak mengerti bagaimana caranya salat.

Aku berusaha menghafal beberapa surat-surat pendek dan juga tata cara salat. Saat ini aku berjanji pada diri sendiri kalau aku ingin memperbaiki diri dengan cara mendekatkan diri kepada Sang Pencipta. Aku tidak ingin jika harus merepotkan kedua orang tuaku nanti di akhirat dengan menanggung semua dosa-dosa yang aku perbuat.

Beberapa hari setelah kejadian itu, aku berangsur pulih. Aku sangat bersyukur sehingga kuputuskan untuk memantapkan diri mengenakan hijab. Aku akui jika lingkungan sangat berpengaruh dalam masa berhijrah. Aku putuskan juga untuk mengikuti beberapa komunitas Islami.

Beruntung aku memiliki sahabat seperti Liya dan Raya. Mereka sangat senang melihat perubahanku.

Aku merasakan seperti terlahir kembali setelah berhijrah. Aku mencoba belajar lebih banyak lagi soal mengaji. Aku mulai meninggalkan perilaku buruk, dan lebih mendalami tentang Islam. Terkadang hijrah membuat kita ditinggalkan banyak orang, dan seharusnya tidak mengapa karena kita butuh Allah, bukan tepuk tangan gempita dan apresiasi atas perubahan.[]

**Isma Syifa**, muslimah wanita yang biasa dipanggil Isma Syifa ini lahir pada tanggal 15 Januari 2002. Menulis merupakan hobinya ketika remaja. Dahulu ia adalah seorang pemimpi yang kini merealisasikan mimpinya melalui tulisan.

Dengan berbagai pilihan hidup dan rintangan, dia dapat membuktikan semua kemampuan yang dimiliki melalui karya pertamanya yang berjudul "Kisah Cinta Gadis Barbar". Kisah ringan yang digemari oleh banyak pembacanya.

Saat ini dia lebih giat untuk menciptakan karya tulis baru dengan karya kedua yang berjudul "*Diary* untuk Bang Al", dan karya-karya lainnya. Pembaca dapat menyimak karya serta kesehariannya di akun Instagram: @Ismasyifa15_ dengan segala kesederhanaan serta keceriaannya.

# Cinta Beda Kasta

NUREKA RAHAYU

"Aduh! Kakiku sakit sekali!" ucapku mengaduh karena tanpa sengaja terkena bongkahan batu tajam yang berada di depanku.

Seorang pemuda yang ada di depanku seketika menoleh dan menolongku. Tanpa kuduga dia membalut kakiku yang sudah berdarah dengan sapu tangan yang ada di sakunya.

"Terima kasih atas bantuannya, Mas. Kalau tidak ada Mas, mungkin tadi luka saya lebih dalam," kataku.

"Sama-sama, Mbak. Sebaiknya lain kali Mbak berhati-hati. Mari saya bantu berdiri," lanjutnya dengan senyum termanis.

"Mari saya bantu berdiri," ucap Habib sambil memimpinku untuk berdiri, tetapi ketika aku merasakan kakiku yang sebelahnya tidak bisa kugerakkan, akhirnya akupun hampir jatuh. Dengan sigap Habib memegang pinggangku dengan tangan kirinya, lalu tangan kanannya memegang tanganku. Manik mata kami saling bertatapan dengan wajah yang sangat dekat.

"Maaf sudah merepotkan, Mas!"

Habib hanya membalas dengan senyumannya yang cukup manis.

Setelah pertemuan itu, kami saling mencintai dan memutuskan untuk menjalin hubungan, walaupun aku tahu pasti Papa tidak merestui hubungan kami apabila dia tahu, tetapi aku tidak putus asa. Aku selalu datang ke rumah Habib, karena di sana aku mendapatkan perhatian dari seorang Mama yang selama ini aku tidak pernah mendapatkannya. Sejak kecil aku sudah ditinggalkan Mama pergi menghadap Sang Illahi, ketika di usiaku baru berumur tiga tahun.

Hari-hariku selalu ditemani oleh Papa. Walaupun banyak sekali asisten di rumah, Papa tidak pernah sekalipun meninggalkanku bersama mereka.

Hari ini Habib menemuiku. Dia mengatakan tidak ingin melanjutkan hubungan kami, jika Papa tidak memberikan restu.

"Citra, sampai kapan kita akan sembunyi seperti ini dari Papa kamu? Aku tidak mau seperti ini terus. Aku ingin meminta restu kepada beliau, dan aku ingin segera menikahi kamu. Jika beliau tidak merestui kita, dengan sangat berat hati aku akan melepaskan dirimu, Sayang," ujar Habib dengan menatap manik mata Citra.

Seketika aku sangat sedih mendengar ucapan dari Habib.

"Apa tidak ada jalan keluar yang lain Bib? Kamu tega mutusin Aku!" Air mataku pun mengalir dengan sendirinya.

Habib memegang jemariku, memberikan kekuatan kepadaku. "Kita berdoa ya, semoga nanti malam Papa kamu merestui kita."

"Sebaiknya aku dulu yang berbicara pada Papa, Bib. Apa pun ucapan Papa nanti aku kasih kabar kepadamu," ucapku sambil menghapus air mataku.

Malam itu aku menunggu Papa pulang kerja. Kata Papa, beliau akan pulang lebih awal. Benar saja pukul 19.30 WIB Papa sudah sampai di rumah. Setelah selesai makan malam, kami pun berkumpul di ruang keluarga.

"Kamu mau bicara apa sih, Sayang, sepertinya semangat sekali menunggu Papa," ucap Papa.

Aku pun menceritakan tujuanku dan menceritakan bagaimana kehidupan keluarga Habib. Sontak saja Papa marah padaku.

"Apa? Kamu mau menikah dengan rakyat jelata. Kamu pikir dong Sayang, mau diletakkan di mana ini wajah Papa jika rekan-rekan bisnis Papa tahu, tentang latar belakang keluarga Habib. Masih banyak anak-anak teman Papa yang tampan, pintar, sukses, dan juga kaya hati. Bukan hanya anak kampung itu saja, tetapi kenapa kamu memilih Habib, sih, Citra. Papa tidak tahu jalan berpikir kamu seperti apa," ujar Papa.

"Pa, kita jangan menilai orang dari luarnya saja, karena belum tentu apa yang terlihat di luar mencerminkan isi hati yang di dalam," ucap Citra.

"Habib dan keluarganya sangatlah sederhana, tetapi mereka memiliki sikap dan suri teladan yang baik yang bisa dijadikan imam untuk aku. Jika Papa malu dengan status kehidupan mereka, Papa bisa mengangkat mereka menjadi setara dengan kita. Semua itu bisa papa lakukan dengan sangat mudah atas izin Allah, Pa, sehingga para rekan-rekan Papa tidak mengetahui latar belakang dari keluarga Habib. Dengan begitu Papa juga akan menjadi orang yang memiliki jiwa penolong yang sangat tinggi. Allah juga sangat suka melihat hamba-Nya yang membantu ataupun memberi pertolongan kepada orang yang sangat membutuhkan apalagi orang yang membutuhkan tersebut adalah fakir miskin seperti Habib dan keluarganya. Kita juga semua akan tiada, dan semua harta yang kita miliki tidak akan mungkin ikut terkubur bersama kita," jelas Citra.

Seketika Papa terkesima atas ucapanku. Selama ini Papa tidak pernah memberikan pendidikan agama, tetapi ketika aku mengatakan nama Allah, hati Papa seketika bergetar. Beliau baru ingat bahwa semua yang dia miliki adalah atas izin Allah dan akan kembali kepada Allah.

Malam itu juga Papa menyetujui hubunganku dengan Habib, dan malam itu juga acara pertemuan keluarga kami akan dilaksanakan.

Dua minggu kemudian, pernikahanku dan Habib terlaksana dengan sangat meriah dan dihadiri para rekan-rekan bisnis Papa, baik yang dari dalam negeri, maupun dari luar negeri.[]

**Nureka Rahayu** yang dipanggil Ayuk, lahir di Kisaran, 16 Februari 1987. Menulis adalah hobinya dari kecil, tetapi tidak tersalurkan. Dengan adanya suatu kejadian, membuatnya semangat untuk belajar menjadi seorang penulis yang baik. Semoga dengan adanya hobi menulis ini, bisa membawa rezeki untuknya dan juga keluarga.

# Menjemput Mahligai Asmara

Kasmi Bintang Abadi

"Di mana sih, kenapa Kiara nggak muncul-muncul? Atau jangan-jangan aku salah tempat penjemputannya, ya?" gumam Bian kepada dirinya sendiri.

Maklum saja, sudah lebih dari satu jam dia berdiri di bandara dengan mengangkat kertas putih bertuliskan Kiara, gadis idamannya sewaktu kecil.

Kiara adalah adik Revan, teman kakaknya. Dulu Bian bertemu dengan Kiara saat Kiara masih SD. Saat itu Kiara menghampiri Bian karena melihat Bian hanya duduk termenung seorang diri. Bian memang seorang pemalu dan penyendiri sehingga jarang memiliki teman.

"Main denganku, yuk?" ajak Kiara saat itu.

Waktu itu, Bian hanya diam sambil memperhatikan Kiara. Namun, Kiara dengan gesit menarik tangan Bian dan mengajaknya berlari dengan kencang. Sejak saat itulah mereka akhirnya menjadi teman. Bahkan Kiara kecil telah berani membawa gunting dan menggunting sendiri rambut Bian yang saat itu gondrong.

"Matamu besar dan bagus, kamu harus menunjukkan matamu kepada semua orang!" Itulah yang diucapkan Kiara saat mulai memangkas rambut Bian.

Sebenarnya Bian tidak suka ada orang lain yang menyentuh rambutnya. Namun, entah mengapa Bian membiarkan Kiara menyentuh dan bahkan memotong rambutnya hingga cepak.

"Nah, begini jauh lebih cakep. Kamu terlihat tampan. Tetaplah jadi tampan seperti ini sehingga saat besar nanti, kamu bisa jadi kekasihku!" puji Kiara waktu itu. Sejak saat itulah, Bian tidak pernah lagi membiarkan rambutnya gondrong. Namun setelah itu, Kiara pindah ke kota dan tak pernah kembali. Mereka kehilangan kontak selama puluhan tahun sehingga tidak ingat dengan rupa masing-masing.

Saat ini, Bian benar-benar merasa jenuh. Dia mulai duduk dengan lemas dan putus asa. Di sisi lain, dari kejauhan Kiara sudah berjalan menuju area penjemputan dengan mencari papan kertas bertuliskan nama dirinya, tapi tak juga ia temukan.

Kiara berjalan melewati Bian yang sedang duduk sambil melipat kertas yang ia bawa. Kiara berjalan keluar dan mencoba menghubungi kakaknya.

"Mana kak, adik dari teman kakak yang katanya jemput aku. Aku bosan kelamaan di sini, Aku naik taksi saja ya?" gerutu Kiara.

"Aku sudah meminta Bian untuk menjemputmu. Dan dia sudah sejak pagi menunggumu. Kamu sabarlah sedikit, aku akan coba menghubungi Bian!" ucap Revan sambil buru-buru menutup telepon.

Setelah mendapat telepon dari Revan, Bian bergegas mencari Kiara di luar Bandara. Setelah mendengar ciri-ciri yang disebutkan Revan, Bian dengan mudah menemukan Kiara.

"Kiara ya?" sapa Bian dengan senyum sumringah. Bian sempat terpukau dengan kecantikan Kiara yang sangat luar biasa.

"Cepat bawa aku pergi dari sini!" perintah Kiara dengan ketus. Ia bahkan tidak menoleh sama sekali ke arah Bian. Meskipun kecewa dengan sikap jutek Kiara, Bian bergegas mengambil motornya.

"Awas, hati-hati naruhnya. Isinya barang berharga!" Omel Kiara saat melihat Bian mulai menata barang bawaan Kiara.

Di sepanjang perjalanan pun, Bian dan Kiara sama-sama diam. Kiara sudah tidak mengenali Bian lagi. Dan Bian merasa kaget dengan perubahan Kiara yang terkesan sombong dan jutek.

"Kak Revan!" Teriak Kiara sembari menghambur untuk memeluk Revan dengan manja.

"Adik kesayanganku akhirnya datang juga!" ucap Revan sambil membalas pelukan Kiara.

"Ayo duduk sini, Kakak buatin makanan dulu!" pinta Revan sambil mencarikan meja yang kosong.

"Bian, kamu juga. Sini ikut makan dengan kami. Kamu dari pagi belum makan kan?" tambah Revan.

Bian tidak berani menolak perintah Revan karena Revan sudah sangat baik terhadapnya. Lagi pula ini juga kesempatan Bian untuk bisa makan bareng Kiara setelah sekian lama.

"Kamu di sini rencana beberapa lama?" tanya Revan kepada Kiara.

"Entahlah, mungkin sekitar satu bulan. Kalau aku sudah nggak betah ya, mungkin aku akan kembali ke kota dengan lebih cepat!" jawab Kiara.

"Janganlah buru-buru. Nikmati saja waktumu di sini. Karena Kakak adalah koki di sini, Kakak tidak bisa meninggalkan restoran begitu saja. Jadi selama kamu di sini, Bian akan mengantarkan ke mana pun yang kamu mau. Iya kan, Bian? " tanya Revan.

Bian mengangguk setuju. Bian memang dibayar untuk menemani Kiara oleh Revan. Revan sama sekali tidak tahu tentang perasaan Bian terhadap Kiara. Dia mengenal Bian atas rekomendasi kakak Bian, Fadli.

Pagi-pagi sekali, Bian ke rumah Revan untuk menjemput Kiara. Karena pintunya sudah terbuka, Bian memutuskan untuk masuk, sebab berulang kali dia mengucap salam tidak ada jawaban dari dalam.

Rumah tersebut sangat bising dengan alunan lagu K-Pop yang diputar dengan sangat keras. Dari dinding kaca transparan, Bian melihat Kiara sedang nge-*dance* menirukan gaya Jisoo saat sedang menyanyikan lagu flower. Kiara tampak seksi sekali. Namun saat Kiara sadar bahwa Bian melihatnya, dia mulai merasa canggung dan buru-buru mematikan suara musiknya.

"Sudah dari tadi?" tanya Kiara.

"Nggak kok, baru saja sampai," jawab Bian.

"Cabut yuk!" ajak Kiara.

Bian pun menemani Kiara selama berhari-hari. Dan berharap Kiara mampu mengenali Bian. Namun entah kapan harapannya itu akan terwujud.

Setelah beberapa hari menemani Kiara, hari ini Bian meminta izin libur karena ada keperluan dan tidak bisa menemani Kiara. Kiara pun hanya mengganggu Revan memasak di dapur restoran yang ia kelola.

"Kamu kenapa nggak lihat pertunjukan Bian?" tanya Revan.

"Pertunjukan apaan yang Kakak maksud?" tanya Kiara tidak mengerti.

"Itu di kampung sebelah. Ada pertunjukan pentas seni Reog Ponorogo, dan Bian yang menjadi bujang anomnya. Tarian dan atraksi Bian sangat lincah dan keren *lho*, sayang banget jika kamu melewatkannya!" bujuk Revan.

Kiara pun bergegas mencari tukang ojek untuk menuju alamat yang dimaksud Revan, dan benar juga, di situ sudah sangat ramai penonton. Kiara masuk ke barisan penonton dan melihat atraksi Bian yang sangat memukau. Bian mengundang gelak tawa penonton dengan aksinya yang lincah disertai dengan tarian duet bersama salah satu Jathilan cantik.

Dari tengah panggung, Bian bisa melihat Kiara tertawa dengan lepas. Sangat cantik. Berbeda dengan Kiara yang biasanya cuek dan jutek.

"Aku tidak menyangka kalau kamu menyukai kesenian tradisional juga!" kata Bian saat melihat Kiara menghampirinya ketika acara telah usai.

"Aku memang suka kok. Siapa bilang kalau aku nggak suka?" bantah Kiara.

"Aku sering lihat kamu memutar lagu K-Pop daripada musik tradisional," kata Bian datar.

"Aku memang menyukai K-Pop, juga menyukai seni tradisional, meskipun aku tidak menunjukkannya di depan umum. Sama halnya seperti aku mencintai keluargaku dan juga karirku. Semua sama pentingnya bagiku," balas Kiara.

"Kalau aku, apakah aku juga sama pentingnya untukmu?" tanya Bian. Dia sudah tidak sanggup lagi menahan penasaran akan perasaan Kiara terhadapnya.

Mendengar hal itu, Kiara pun mulai beranjak pergi. Namun, Bian mulai menghentikan langkah Kiara dengan menghadangnya dan menatap lekat matanya.

"Aku mencintaimu Kiara, dari dulu, sejak kita kecil. Saat kamu memotong rambutku waktu itu hingga saat ini. Hanya kamulah yang ada di hatiku dan memenuhi pikiranku!"

Mendengar pengakuan jujur Bian, Kiara pun menerima cinta dari Bian. Kiara yakin bahwa untuk menyatakan cinta, juga diperlukan perjuangan melawan ketakutan terhadap diri sendiri.[]

**Kasmi Bintang Abadi** adalah nama pena dari Kasmi. Ia lahir di Magetan, 04 Mei 1989. Kasmi merupakan penulis bucin yang galau tentang kebaperan cinta. IG-nya Kasmi Sidoarjo, dan FB-nya Kasmi Sidoarjo.

# Emotional Girl Struggle

THOIFATUNNISA

Suatu hari di sebuah desa, tinggal seorang anak yatim piatu bernama Zizi. Zizi adalah anak yang cerdas dan pandai dalam pelajaran sekolahnya. Namun, Zizi memiliki masalah dalam mengelola emosinya. Dia mudah marah dan sering menunjukkan sikap kasar pada teman-temannya.

Pernah suatu ketika ia sedang bermain bersama teman sedesanya. Karena hanya kesalahan kecil, ia memarahi semua temannya yang ada di sana. Akan tetapi, tidak ada yang tahu ketika ia pulang dan masuk ke kamarnya itu, dia menyesali segala perbuatannya. Selalu seperti itu, hingga emosinya tak bisa ia jaga kembali.

"Heh, ini punya gua! Lo ngapain ambil sembarangan?!" tanya Zizi pada teman bermainnya.

"S-sorry, gua enggak tahu itu punya lho. Karena warnanya sama." Dengan penuh emosi, Zizi pergi dari sana dan pulang ke rumahnya.

Bahkan ketika di sekolah pun ia mendapatkan berbagai kesulitan menjaga emosinya agar tetap stabil. Pernah ia diejek oleh teman seangkatannya hanya karena dirinya emosional. Ia sudah tak tahan dengan omongan mereka, dan ia memukul semua anak laki-laki yang mengejeknya.

Zizi terdiam mendapati teguran dari gurunya,

"Zizi, kamu itu harusnya menjadi kakak kelas yang baik dan ramah, bukannya kakak kelas yang memberikan contoh buruk dan agresif seperti ini! Ingat, di sini bukan hanya anak

SMP seperti kamu, tetapi banyak anak SD juga," ucap Guru bahasa Indonesia memperingatkan. Di sekolah Zizi ada dua jenjang, yaitu SD dan SMP.

Karena masalah tersebut, Zizi sering ditegur oleh guru dan teman-temannya. Namun, dia kesulitan untuk mengontrol emosi dan tidak pernah mengubah sikapnya. Hingga suatu hari, datanglah seorang Nenek yang tinggal di desa mereka. Nenek tersebut adalah seorang guru yang ahli dalam mengajarkan edukasi mental anak.

"Nak, mari ikut dengan Nenek!" ajak Nenek Miya.

"Ke mana, Nek?" tanya Zizi penasaran.

"Ke taman dekat toko bunga. Ada sesuatu yang ingin Nenek sampaikan kepadamu," jawab Nenek Miya.

Nenek tersebut melihat bahwa Zizi memiliki kemampuan, dan potensi yang besar. Namun, dia masih perlu belajar untuk mengelola emosinya dengan baik. Oleh karena itu, Nenek Miya memutuskan untuk mengajari Zizi tentang pentingnya mengelola emosi.

"Nak, lihatlah awan itu, mendung bukan?" tanya Nenek Miya kepada Zizi yang sedang duduk sembari mencabuti bunga dandelion di sampingnya.

"Lalu?" tanya balik Zizi kepada Nenek Miya.

Kemudian Nenek itu mengajarkannya bahwa emosi itu seperti cuaca. Kadang cerah, kadang mendung, dan kadang hujan. Namun, seperti cuaca pula, emosi pun kadang berubah-ubah seiring berjalannya waktu.

"Seperti itulah kita, Nak. Jadi pesan Nenek untuk kamu adalah tetap bersabar menjalani kerasnya kehidupan," jelas Nenek Miya.

Nenek Miya juga mengajarkan Zizi betapa pentingnya mengenali dan memahami emosi. Seseorang harus dapat mengelola emosi tersebut dengan baik. Zizi belajar dari segala hal yang baru ia dapatkan dari Nenek bahwa ketika dia merasa marah, dia dapat mencoba untuk tenang terlebih dahulu.

Dia juga belajar bahwa ketika dia merasa sedih, dia dapat mencoba untuk mengekspresikan emosinya dengan cara yang sehat, seperti dengan menulis atau berbicara dengan seseorang yang dipercayainya.

'Dear Mom.

Aku menemukan sosok yang hebat, *Momy*. Beliau mengajarkanku segala hal yang aku butuhkan. Dia adalah pahlawan terbaikku.'

***

"Akhirnya kini aku bisa menjadi pribadi yang tenang," ucap Zizi. Kemudian ia beranjak pergi dari tempatnya menuju toko bunga, dan membeli satu buket bunga mawar hitam dengan beberapa buah yang masih segar dan beberapa bawaan lainnya.

Setelah beberapa waktu belajar dari Nenek tersebut, Zizi mulai dapat mengelola emosinya dengan sangat baik. Dia menjadi lebih sabar dan tidak mudah marah. Dia juga lebih terbuka dalam mengungkapkan perasaannya. Nenek tersebut sangat bangga dengan perkembangan Zizi. Dia tahu bahwa Zizi akan menjadi orang hebat jika dia belajar dalam mengembangkan dirinya.

"Nenek, lihatlah, aku bawakan buah untukmu." Dengan wajah berseri dirinya menunjukkan apa yang dia bawa, kemudian melihat neneknya yang selama ini merawat dan mengajarkannya banyak hal itu semakin tua renta. Ia tersenyum dan memeluk neneknya dengan mengucapkan beribu-ribu terima kasih.

Dari cerita ini, kita dapat belajar bahwa mengelola emosi adalah hal yang penting. Bersabar menjalani proses dan perjalanan hidup yang ada, mengelola emosi dengan baik, agar kita dapat menjadi lebih baik dalam menghadapi situasi yang sulit dan mencapai tujuan hidup kita.

Mari kita belajar tentang edukasi mental dan mengelola emosi dengan baik, seperti yang dilakukan oleh Zizi. Kita bisa menjadi orang yang lebih baik dan lebih bahagia jika kita belajar untuk mengelola emosi dengan baik.[]

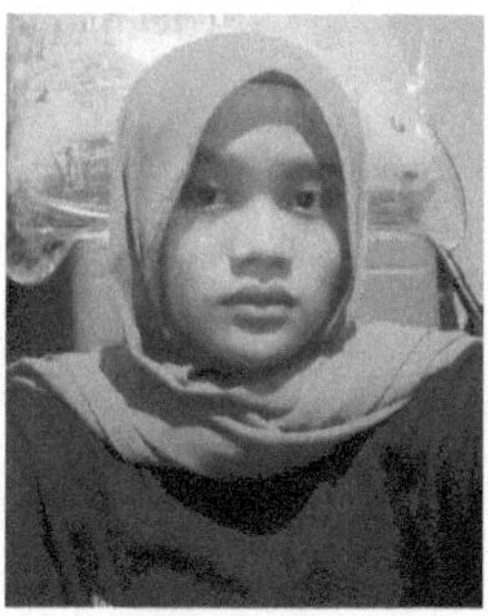

Musim hujan adalah musim yang paling disukainya. Duduk di ruangan yang penuh dengan buku bacaan, ditemani secangkir cokelat panas dengan camilan pedas yang nikmat. Nama penanya adalah Thifasa. Gadis yang berusia 17 tahun itu berasal dari kota Indramayu, dan sekarang tengah menempuh pendidikan di MAN 2 Indramayu.

Moto hidupnya adalah 'kegagalan proses dari segala kesuksesan.'

Salam literasi, yuk kepoin media sosialnya:

Wattpad: tifa1816
Instagram: Thifaesthetic

# Jalur Langit

DINA LIGAR WIRANA

Anisha menghentikan langkah menuju dapur begitu melihat suaminya, Prabu, masuk melewati pintu rumah mereka.

"Mas ...."

Anisha melanjutkan langkah menghampiri Prabu, kemudian meraih tangan pria tersebut dan diciumnya dengan takzim. Prabu menatap lamat-lamat puncak kepala Anisha yang dihadapinya. Rasa sesal menelusup masuk ke rongga dadanya.

"Mas sudah makan?" Anisha bertanya dengan nada sangat lembut, membuat rasa penyesalan Prabu semakin besar.

"Belum, Sha." Prabu pun menjawab dengan nada yang sama lembutnya.

Anisha terdiam sejenak, sedikit kaget dengan nada bicara sang suami yang sangat lembut. Pasalnya, sudah dua tahun lamanya, Anisha tak pernah mendengar sang suami bicara dengan nada lembut seperti tadi.

Prabu pun membalas tatapan Anisha dengan cara yang sama, merasai sesak dan sesal yang menggunung di dalam dadanya. Entah setan apa yang merasukinya hingga dirinya tega menyakiti perasaan wanita salihah, patuh, lembut, dan mandiri seperti Anisha, dengan menikah lagi dua tahun yang lalu.

"Maafkan Mas, Sha."

Anisha terdiam mendengar permintaan maaf dari suaminya karena ini kali pertamanya Prabu meminta maaf setelah menikahi salah satu pegawai baru di perusahaan miliknya.

"Sha …."

Anisha lekas menempelkan jari telunjuknya di kedua bibir Prabu. Meminta Prabu untuk tidak melanjutkan kalimatnya lagi.

"Cepatlah mandi agar kita bisa segera makan malam bersama. Anisha sudah lapar sekali," ucap Anisha sambil mengulas senyuman.

Prabu pun mengangguk patuh, kemudian berlalu menuju kamar pribadi miliknya bersama Anisha, yang enam bulan terakhir tak dikunjunginya.

***

"Kembalikan suamiku!"

Anisha melonjak kaget, lekas berbalik badan untuk menatap wanita yang barusan berbicara di belakangnya dengan nada kasar. Bola mata Anisha memindai wanita tersebut dari kepala hingga kaki, lalu mengembuskan napas dengan cepat.

Wanita yang berdiri di hadapan Anisha saat ini adalah istri kedua Prabu. Anisha sangat hafal wajahnya meski hanya sekali saja melihat wanita itu di hari pernikahan sirinya dengan suami Anisha.

Pengunjung toko tempat Anisha dan istri kedua suaminya berada saat ini, menghentikan kegiatannya masing-masing. Semua beralih fokus pada Anisha. Tatapan-

tatapan kaget dan kebencian langsung tertuju pada Anisha, seolah-olah wanita itu adalah seorang pelakor.

"Kamu siapa?" Anisha pura-pura bertanya dengan nada pelan.

"Aku Valerie Diwangga. Aku ini istri dari Prabu Diwangga, pemilik PRADIAN COMPANY. Aku datang untuk memintamu mengembalikan suamiku!" Wanita itu memperkenalkan diri dengan bangga, sementara Anisha menyembunykkan senyuman dengan menundukkan kepala.

"Malah senyum-senyum! Cepat kembalikan suamiku!"

Valerie membentak lagi, tetapi Anisha tak merespon bentakannya itu.

"Kamu tahu apa kepanjangan PRADIAN?" Anisha bertanya pada Valerie dengan senyum mengejek yang masih melekat di wajahnya.

"Itu bukan urusanku! Tujuanku ke sini hanya untuk memintamu mengembalikan suamiku," jawab Valerie dengan nada membentak lagi.

"PRADIAN itu kepanjangan dari Prabu Diwangga dan Anisha. Nama perusahaan yang dibuat menggunakan nama kedua pemiliknya yang berstatus suami istri. Apakah kamu wanita bernama Anisha itu?"

Valerie terdiam mendengar penjelasan Anisha. Ia tak tahu mau menjawab apa karena memang tidak pernah tahu sama sekali soal itu.

"Pastinya bukan ... Karena pemilik nama Anisha itu adalah saya," lanjut Anisha. Tatapan-tatapan menghina yang mengarah kepada Anisha tadi dalam sekejap saja sudah berpindah pada Valerie.

"Kamu meminta saya untuk mengembalikan pria yang jelas-jelas adalah suami saya. Apa kamu sedang melucu? Saya ini istri sah dari Prabu Diwangga. Kami punya surat nikah yang disahkan oleh negara dan punya seorang putra yang memiliki nama kami berdua di dalam akta kelahirannya. Apa kamu punya?"

Wajah Valerie merah padam karena malu, tetapi dengan cepat wanita itu mengembalikan keangkuhannya seperti semula.

"Lihat saja, Mbak ... Aku akan menuntut hakku! Suamimu tidak bisa seenaknya menikahi wanita lalu mencampakkannya seperti sampah! Aku akan buat malu kalian semua!"

Anisha tersenyum lagi, sama sekali tak merasa takut pada ancaman Valerie.

"Kenapa kamu harus marah disamakan dengan sampah? Bukankah wanita yang menyukai pria beristri, lalu menggodanya untuk dimiliki memang pantas disebut sampah?"

Valerie semakin meradang. Kedua tangannya mengepal erat di kedua sisi tubuhnya. Bola matanya pun membulat sangat besar, seperti hendak melompat keluar dari tempatnya.

"Kamu mau menuntut hak yang mana? Memangnya nama kamu tercatat oleh negara sebagai istri sah dari Prabu Diwangga? Sebaiknya, pelajari dulu apa yang ingin kamu suarakan. Jangan asal bicara yang justru hanya akan membuat kamu terlihat bodoh."

"Kamu pasti berpikir kalau diamnya saya selama ini karena saya lemah dan bodoh. Kamu salah! Saya diam justru untuk memperjuangkan keutuhan rumah tangga saya. Diam adalah senjata saya untuk menyingkirkan makhluk kecil pengganggu seperti kamu!"

"Saya bukan hanya sedang memperjuangkan keutuhan rumah tangga saya saja, tetapi juga melindungi harta yang menjadi hak anak kami satu-satunya dari manusia pemalas yang ingin cepat kaya tanpa harus kerja keras. Jangan kamu pikir saya tidak tahu apa saja yang sudah kamu dapatkan dari suami saya selama dua tahun ini. Saya tahu dan saya punya daftarnya!"

Valerie terperangah kaget mendengar Anisha tahu semua yang sudah dibelikan Prabu untuknya selama ini. Anisha menatap Valerie dengan tatapan yang jauh lebih tajam dan tanpa senyuman.

"Kalau kamu masih ingin mempermalukan keluarga saya, bersiaplah kehilangan semua yang sudah diberikan suami saya kepadamu! Bukan hanya akan kehilangan harta, tetapi seluruh keluargamu di kampung pun akan mendapat malu!"

Wanita itu menatapku dengan mata mendelik. Mungkin dia kaget mendengar ancamanku. Wanita itu kemudian menggeram marah, dan menghentak sebelah kakinya ke lantai dan berbalik badan. Setelah itu, dia melangkah kasar menuju pintu keluar masuk toko, lalu keluar dari tokoku. Kembali kuraup oksigen sebanyak-banyaknya. Kali ini sambil menutup mata dan beristighfar di dalam hati.

Aku kemudian menghadapkan tubuh pada para pengunjung toko milikku yang sejak tadi menjadi penonton dadakan, tersenyum sopan ke arah mereka sambil menganggguk pelan.

"Silakan dilanjutkan pilih-pilih bukunya. Mohon maaf atas gangguan tadi," ucapku dengan sopan.

Para pengunjung toko pun membalas senyumanku, lalu melanjutkan kegiatan masing-masing yang sempat terjeda tadi. Alhamdulillah, akhirnya badai rumah tanggaku pun bisa terlewati. Semoga saja ancaman tadi bisa membuat wanita itu berhenti mengganggu rumah tanggaku.

Perjuanganku memang belum selesai. Selama nyawa masih ditanggung badan, selama itu pulalah aku sebagai seorang istri dan ibu harus memperjuangkan keutuhan rumah tanggaku, dan melindungi hak anakku yang sekarang ini sedang mengenyam pendidikan di pesantren. Selama ini aku hanya berjuang lewat jalur langit. Sebuah perjuangan yang membutuhkan waktu, tidak instan, tetapi siapa saja yang yakin pasti akan menjadi pemenangnya.[]

**Dina Ligar Wirana**, lahir di Medan, 28 Januari 1982. Menyelesaikan pendidikan terakhir di STKIP PGRI Sumatra Barat pada tahun 2004. Saat ini bekerja sebagai guru bahasa Inggris di SMPN 32 Padang, Sumatra Barat.

Menulis adalah hobinya, mulai dari puisi hingga cerita. Sampai hari ini belum pernah mencetak buku, tetapi tulisannya sudah bisa dinikmati di beberapa aplikasi novel *online* seperti Joylada dan Fizzo.

# Terima Kasih

Anita Aruka

Orang tua mereka adalah orang-orang pilihan yang ditakdirkan Tuhan untuk menjadi bagian dari sebuah perjalanan hidup berumah tangga. Melahirkan anak-anak yang didambakan dari setiap pasangan buah dari cinta dan kasih sayang yang tulus. Menjadi orang tua dengan tanggung jawab yang begitu besar dalam mendidik, merawat, dan membesarkan putra putri mereka. Inilah perjalanan hidup yang ingin kuceritakan dari sosok yang paling berarti dalam hidupku.

Malam dengan kegelapannya menembus dingin dan dalam penerangan seadanya ia berjuang untuk mencari rezeki. Rasa lelah dalam diri tak pernah ia keluhkan melawan tantangan yang mungkin saja dihadapi dalam gelapnya malam. Dinginnya malam bersamaan dengan sejuknya sungai dan ombak lautan sudah menjadi tantangan tersendiri dalam kerasnya menjadi tulang punggung keluarga. Dialah sosok pahlawan keluarga, yang bekerja sebagai seorang nelayan, juga bekerja setiap harinya untuk menghidupi keluarga.

Sama seperti malam-malam sebelumnya di mana ayah dengan segala peralatan berlayar dan bekal seadanya untuk pergi melaut karena akan pulang pada siang hari. Ada perasaan khawatir setiap ia akan pergi melaut. Berjalan seorang diri melewati rawa-rawa yang begitu lebat dan dua sungai untuk sampai di tempat yang dituju setiap harinya.

Ketika ayah memperoleh rezeki, ia akan pulang lebih awal pada pagi hari. Dari hasil tangkapan itu sebagian akan dijual untuk menambah penghasilan keluarga. Itu semua dilakukan sepulang sekolah. Dalam perjalanan menjual ikan, tidak selamannya akan memperoleh hasil yang diharapkan. Terkadang kami harus membawa pulang jualan dengan hati yang sedih sebab perjalanan cukup jauh dan melelahkan. Hal itu misalnya ketika mendapati orang yang ingin membeli, tapi ternyata hanya bertanya saja.

"Nggak sekolah, ya?" tanya seorang Ibu sambil membolak-balik jualan kami.

"Sekolah Bu," jawabku.

"Nggak malu kamu jualan?" Ibu itu bertanya lagi dengan ekspresi wajah yang seolah-olah meremehkan kami. Mungkin karena bangga dengan jabatannya. Entahlah, nggak peduli juga. Sedikit kecewa karena sudah ditawar, tapi nggak jadi beli.

Intinya tetap bersyukur dengan keadaan ini walaupun sederhana, tapi tidak mengharap pemberian orang lain untuk dikasihani. Rasa syukur dan bangga karena kami dilahirkan dari orang tua yang luar biasa. Walaupun bukan seorang pegawai, tapi kami tidak pernah merasa kekurangan.

Tidak ada rasa malu bagiku memiliki seorang ayah yang berprofesi sebagai seorang nelayan. Menjadi seorang nelayan sudah sangat lama menjadi pekerjaan ayah kami, hingga suatu ketika semua berubah, pendapatan dari hasil melaut tak lagi seperti dulu. Tak ada lagi hasil dari melaut.

Yang akhirnya, ayah beralih mencari pekerjaan yang lain untuk bisa menyambung kehidupan kami.

Pada akhirnya ayah memutuskan untuk menjadi penambang pasir. Beralih pekerjaan tentunya memiliki tantangan tersendiri. Ketika menjadi seorang nelayan, harus menghadapi lautan dan kini berganti dengan derasnya sungai. Begitu menguras tenaga karena harus mengumpulkan pasir dengan tenaga yang kuat. Tak hanya mengumpulkan pasir ke daratan, ketika pasirnya mencapai satu truk, maka akan diambil oleh pembeli.

Sosok yang sangat luar biasa penuh dengan kerja keras bahkan apa pun akan dikerjakan oleh mereka. Tak hanya bekerja sebagai penambang pasir ketika selesai bekerja, ia akan melanjutkan dengan pekerjaan yang lain. Saat itu kami memiliki kebun dan ada banyak tanaman, seperti sayur, singkong, kelapa, dan tanaman lainnya.

Kebun yang kami miliki berada di dekat sungai. Setiap paginya ibu akan berangkat ke kebun untuk merawat tanaman yang ada. Dengan adanya kebun yang kami milliki, dapat membantu perekonomian keluarga karena hasil kebun yang terjual. Nikmat yang luar biasa untuk kami sekeluarga.

Namun, kehidupan yang dijalani tidak selalu berjalan mulus. Setiap kebahagiaan yang kita rasakan tidak selamanya terus menjadikan kita bahagia. Pasti akan ada cobaan untuk menguji keimanan setiap manusia. Hal yang sama juga terjadi pada keluarga kami.

Ketika musim hujan tiba, terjadilah banjir besar sehingga semua hasil perkebunan kami terbawa derasnya air. Sedih rasanya mengingat semua kerja keras orang tuaku karena dengan susah payah merawat semua yang ada dalam perkebunan kami. Mengingat pagi-pagi sekali mereka pergi untuk bekerja. Tidak ada yang tersisa penampakan yang begitu indah dari hijaunya perkebunan kini tak dapat kulihat lagi. Hanya mengisahkan kenangan indah ketika bersama-sama menikmati suasana perkebunan yang penuh dengan canda tawa.

Berat, tetapi tetaplah hidup. Semua memiliki ujiannya masing-masing. Mungkin saja cobaan orang lain lebih berat dari apa yang kita rasakan saat ini. Berusaha untuk tetap tegar dengan kondisi yang ada. Pantang menyerah dan terus berusaha. Itulah yang dilakukan oleh orang tuaku. Terima kasih untuk semua pengorbanan dan kerja kerasmu orang terhebatku. Semoga kita menjadi orang yang tak putus asa dalam keterpurukan, dan meyakini bahwa semua yang terjadi terdapat hal luar biasa yang sedang direncanakan Tuhan. []

**Anita Aruka** adalah nama pena dari Anita Rudin Kalola. Wanita kelahiran Mananga, 19 April 1998 ini berasal dari pulau cantik yang dikenal dengan toleransinya yang begitu tinggi yaitu Pulau Sumba NTT.

Ia bukanlah seorang penulis, tetapi ingin belajar menjadi seorang penulis. Cerpen ini adalah karya pertama yang ditulis dengan segala kekurangannya karena masih dalam tahap pembelajaran. Semoga kisah yang tertulis di dalamnya bisa memberikan manfaat untuk yang membaca, dan memberikan inspirasi untuk berkarya. Salam literasi.

# Pahlawan Terhebatku

LENA MAHDA

Nurul adalah seorang *single parent*. Ia tinggal bersama ke empat anaknya di rumah yang kecil dan sederhana. Nurul selalu merawat keempat anaknya dengan penuh kasih sayang. Dia tidak ingin mereka mengalami kesusahan seperti dirinya. Mika adalah anak yang tertua di antara adik-adiknya. Mika sudah sekolah SMP. Dia selalu memantau ibunya yang terus bekerja keras untuk anak-anaknya.

"Ibu, biarkan Mika membantu Ibu. Tidak apa-apa jika aku tidak sekolah tinggi, toh, kita wanita tetap sama derajatnya. Walaupun sekolah tinggi tetap di rumah kan, kita harus mengurus rumah," ucap Mika.

"Tidak, Nak! Biarkan ibu yang lelah, yang penting kamu dan adikmu harus tetap sekolah. Ibu tidak apa-apa, Nak. Ini memang tanggung jawab Ibu," jawab Nurul dengan nada lembut.

"Tapi kasihan Ibu kelelahan. Aku kan sudah besar, Bu. Aku udah bisa jaga diri. Ibu nggak perlu khawatir."

"Tidak! Tugasmu adalah sekolah. Apa kamu paham?" sergah Nurul dengan sedikit mencolek dagu anaknya.

Mika pasrah. Dia tidak ingin membantah ibunya. Dia tetap melanjutkan sekolah hingga lulus SMP. Kini dia mulai masuk SMA, dan sudah pasti Nurul harus menyiapkan uang untuk masuk sekolah baru.

Setiap hari dia bekerja keras sebagai buruh tani, tidak mesti itu. Semua pekerjaan yang disuruh orang dia kerjakan, yang penting halal baginya.

"Jadi kamu benar ingin cari pekerjaan?" tanya Nora, lagi.

"Iya, aku ingin kerja, tapi aku tidak bisa meninggalkan sekolah. Ibuku sangat marah," jawab Mika dengan wajah lesu.

"Aku punya pekerjaan tanpa harus meninggalkan sekolah, jadi kamu bisa kerja setelah pulang sekolah sampai malam sih. Jam 9 malam baru tutup," terang Nora.

"Benarkah? Kerja apa itu, dan di mana?" tanya Mika dengan antusias sekali.

"Iya benar, jualan siomay di pinggir jalan itu dekat sekolah kita."

"Wahhh boleh, tapi bagaimana jika ibuku tahu. Dia bakalan marah nggak, ya?" Wajah ceria tiba-tiba berubah murung, kala dia mengingat ibunya akan marah besar.

"Ya kalau ibu kamu tidak mengizinkanmu, kamu harus melakukannya diam-diam. Jangan sampai dia tahu, buat saja alasannya begitu."

Mika berpikir sejenak dan akhirnya dia memutuskan untuk mengikuti saran dari temannya. Setiap hari sepulang sekolah, Mika pergi berjualan siomay dan pulang di malam hari. Setiap kali ibunya bertanya, dia hanya memberi alasan main ke rumah temannya.

Mika bekerja di sana kurang lebih hampir setahun. Nurul mulai curiga pada putrinya, hingga suatu hari dia mengikuti ke mana perginya Mika setiap hari.

Alangkah terkejutnya Nurul, ketika mendapati putrinya sedang berjualan siomay di pinggir jalan sana. Dengan menahan tangis, Nurul langsung berlari pulang ke rumah.

"*Assalamualaikum,* Bu," sapa Mika sepulang kerja jam 9 malam.

"*Wa'alaikum salam,* duduklah dulu!" Nurul menjawab dengan suara sedikit meninggi.

Tanpa menjawab, Mika pun bergegas duduk di samping ibunya.

"Ada apa, Bu? Apa sakit ibu kumat lagi?" tanya Mika khawatir.

"Dari mana kamu, Nak? Kenapa jam sekarang baru pulang?" tanya Nurul datar tanpa menoleh ke arah putrinya.

"A-aku dari rumah teman, Bu. Maaf aku lupa waktu Bu," jawab Mika berbohong.

"Sejak kapan kamu bisa berbohong, Nak? Apa ibu pernah mengajarimu untuk berbohong?" bentak Nurul seketika membuat jantung Mika terasa meledak.

"Maaf Ibu, Mika salah. Mika hanya ingin membantu Ibu, Mika sayang sama Ibu. Mika tetap sekolah kok, Bu."

"Ibu bilang tidak, ya tidak, kenapa kamu begitu keras kepala, Nak. Kamu itu anak perempuan, tidak baik jika harus pulang kemalaman begitu."

"Jangan jualan lagi, kamu mengerti!" Sambung Nurul sambil beranjak pergi ke kamarnya.

"Maafkan aku, Bu. Aku sudah buat Ibu marah," lirih Mika membatin.

Mika memilih mengalah dan ia pun berhenti bekerja. Walaupun hatinya perih saat melihat ibunya yang bekerja seorang diri dalam kelelahan yang tiada henti.

Akhirnya kini Mika sudah lulus sekolah dan kuliah. Mika dan ibunya sungguh sangat senang.

"Akhirnya, *alhamdulillah*, terima kasih banyak, Bu. Ini berkat Ibu," ucap Mika sambil memeluk ibunya erat.

Nurul hanya tersenyum. Ada rasa bahagia yang terukir di hatinya.

"Ibu, terima kasih banyak. Kau adalah seorang pahlawan terhebatku. Kau mampu berjuang untuk keempat anakmu seorang diri. Kau sungguh seorang pahlawan. Kau berani berjuang melawan semua rintangan yang menghalangimu untuk terus hidup dan maju. Kini waktunya, Ibu. Ibu beristirahatlah. Biar aku yang bekerja dan menafkahi Ibu dan adikku," ucapan Mika benar-benar membuat Ibu Nurul terharu dan menangis sebisanya.

"Berjuang lah, Nak!"

Hanya jawaban singkat, tentu membuat Mika senang dan semakin semangat.[]

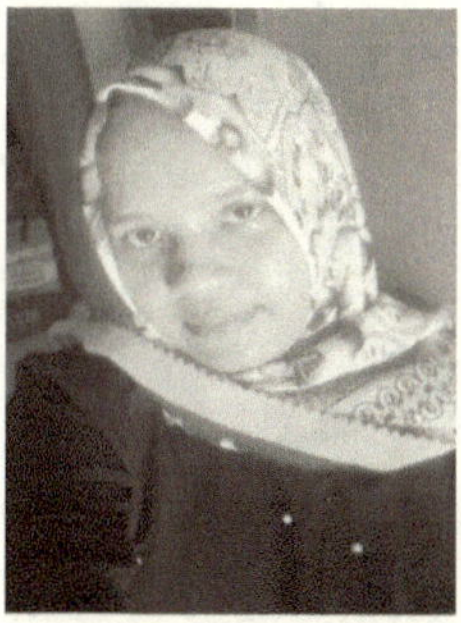

Namanya **Mahdalena**, biasa dipanggil Lena dan ada juga yang memanggil Alena. Lena Mahda adalah nama samaran, dan Lena Khaia adalah nama penanya dalam menulis. Sudah sejak kecil Lena punya hobi untuk menulis, tetapi sayangnya baru sekarang terwujud.

Untuk membuat karyanya dikenal dan dibaca orang, ia menulis *plat form* di Fizzo dengan judul *'Suami Ibuku Adalah Pacarku'*. Itu adalah karya pertamanya. Awalnya Lena gugup dan takut, tetapi perlahan ia jadi percaya diri untuk melanjutkan karya keduanya. Sekarang ia begitu bangga dan senang dengan karya yang telah diterbitkan walaupun belum begitu sempurna.

Salam para sahabat menulis.

# Perjuangan Seorang Ibu

Trisni Suyanti

Perjuangan seorang ibu sangatlah besar tanpa pamrih. Bagiku ibu merupakan seorang wanita yang sangat mandiri. Aku sangat ingin memiliki sikap kemandirian seperti ibu, yang memiliki prinsip tidak mau merepotkan orang lain selagi bisa melakukannya sendiri.

Ibuku bernama Samoetri. Beliau lahir 70 tahun silam di Lumajang, tepatnya pada tanggal 30 Desember 1949. Beliau lahir dan besar di sana. Ibuku adalah anak kedua dari lima bersaudara. Namun kini sudah menghadap Sang Illahi Robbi. Setidaknya sosok beliau akan menjadi inspirasi untuk kaum wanita.

Beliau adalah seorang wanita hebat yang pernah kukenal. Beliau rela menjadi tulang punggung kedua demi meringankan beban seorang suami untuk mencari nafkah. Tugas seorang ibu sangatlah berat, di mana beliau harus menjalankan dua peran sekaligus, yaitu menjadi ibu rumah tangga dan menjadi seorang wanita karier. Ibu selalu mendahulukan kepentingan anak-anaknya ketimbang diri sendiri. Segala kerja keras yang beliau lakukan semata-mata hanya untuk membahagiakan kedua anaknya.

Ibuku selalu bangun saat fajar masih terbenam. Setiap hari beliau melaksanakan salat tahajud demi mendoakan orang tersayang agar memiliki rezeki yang lancar dan diberikan kesehatan. Perjuangan seorang ibu tak berhenti di sana. Beliau menyempatkan waktunya untuk menyiapkan sarapan dan bekal untuk ayah dan adikku sebelum berangkat kerja. Dari sini bisa dilihat bahwa sosok ibu adalah segalanya. Ia selalu mengusahakan segalanya seorang diri.

Ibuku sudah biasa hidup mandiri. Beliau telah bekerja, bahkan sebelum menikah pun beliau sudah menjadi seorang wanita yang mandiri. Bekerja di sawah untuk mendampingi orang tuanya bertanam dan berkebun. Setiap pagi pergi ke sawah membantu kedua orang tuanya hingga sampai di rumah saat senja. Aktivitas tersebut beliau lakukan hampir setiap hari, dan mulai berhenti melakukan aktivitas tersebut saat beliau menikah. Sosoknya yang ramah dan mudah bergaul membuatnya aktif baik di lingkungan masyarakat maupun di lingkungan kecamatan tempat ayah bekerja.

Sesibuk apa pun seorang ibu dengan aktivitasnya di berbagai kegiatan kemasyarakatan, tak membuat beliau begitu saja menelantarkan anak-anaknya. Ia selalu mengkhawatirkan orang-orang tersayangnya. Ia juga selalu menunggu kedatangan suami dan anak -anaknya yang belum datang dari sekolah. Bagaimanapun juga, ibu adalah sosok wanita yang tangguh. Dapat membagi waktu untuk pekerjaan dan mengurus rumah tangga tentu bukanlah hal yang mudah.

Ibu, jarang sekali kudengar dirimu mengeluh. Walaupun kutahu dirimu sangatlah lelah, tetapi kau tidak pernah menunjukkan itu kepada semua anggota keluarga. Kau selalu mencoba terlihat baik-baik saja, bahkan ketika kau sedang tidak fit sekalipun, kau tetap memaksakan bekerja untuk memenuhi kebutuhan sehari-hari. Engkau juga rela mendahulukan kebutuhan anak-anaknya ketimbang keinginan pribadi.

Beliau tidak ingin mengecewakan anak-anaknya. Karenanya, walaupun dingin dan dalam keadaan sakit juga lemah, beliau tetap memaksakan diri untuk keluar rumah dan melakukan aktivitas.

Perjuangan seorang ibu adalah bukti bahwa kasih sayang ibu tak terhingga sepanjang masa. Pengorbanan seperti sudah menjadi kewajiban seorang ibu. Kita harus menghormati ibu sepanjang hidup kita. Ibu yang tidak mengharapkan imbalan pun sudah merasa puas jika melihat anaknya tersenyum bersamanya.

Ibu, terima kasih atas semua yang kau berikan kepadaku dan terutama kepada keluarga kita. Kasih sayangmu bagaikan selalu menyinari dunia tanpa lelah dan henti.

Kelembutan jiwamu bagaikan hal terindah yang dimiliki. Sosok penyabar membuatku nyaman berada di sampingmu. Ibu, kaulah sosok wanita yang penuh arti dalam hidupku. Kasih seorang ibu tidak bisa tergantikan.

Perjuangan ibu ibarat seorang guru. Memiliki jasa yang sangat besar dalam hidup kita, tetapi beliau tidak mengharapkan imbalan dan balasan. Bahkan, apa pun yang ada di dunia ini tidak bisa membalas kasih sayang ibu kepada anaknya. Hanya doa yang dapat kupanjatkan setiap waktu agar engkau diberi tempat yang Mulia di sisi-Nya dan semoga Husnul Khotimah. Aamiin.[]

**Trisni Suyanti, S.Pd.** merupakan seorang ibu dengan profesi sebagai tenaga pendidik yang diberi amanah oleh Allah untuk merawat serta menjaga seorang putra.

Saat ini ia berdomisili di wilayah Kabupaten Lumajang. Perempuan pencinta bakso ini mempunyai hobi menulis dan *traveling*. Baginya menulis merupakan salah satu cara meluapkan ide serta pengalaman hidup yang penuh dengan harapan.

Mottonya adalah "Teruslah belajar, berusaha, serta berdoa dan mendekatkan diri pada Allah Swt. karena dalam setiap kesulitan, *insya Allah* akan mendapatkan kemudahan."

# Wanita Terhebatku

MITHA RHEZQY

Semua yang terjadi pada diri kita adalah suratan takdir. Kita sebagai manusia hanya mampu menjalankan apa yang sudah ditakdirkan untuk melukis jalan hidup kita ke depannya. Begitu juga dengan diriku dan wanita terhebat yang sudah memperjuangkan aku hingga menjadi seperti saat ini. Namun, hatiku begitu pilu dan sakit saat menatap sosok wanita dengan tubuh kurus juga pakaian lusuh serta mata yang begitu sayu bagai tak ada harapan lagi.

Namaku Bulan Salsabila. Usiaku 25 tahun. Aku bekerja di salah satu kantor pemerintah yang ada di Aceh. Namun, saat ini aku sedang cuti dan memilih untuk pulang ke kampung halaman, tempatku dilahirkan. Rasa rindu yang aku tahan selama empat tahun akan terobati, karena aku akan bertemu dengan Emak. Sosok wanita yang begitu aku rindukan selama di perantauan.

Aku sengaja pulang tanpa memberitahu saudara-saudaraku yang lain dan juga Emak. Aku sengaja ingin memberikan kejutan atas kepulanganku ini kepada Emak. Namun, semua rasa rinduku tergantikan dengan rasa sakit yang begitu pilu di saat mataku menatap Emak tak berdaya di atas kasur lapuk yang sudah usang, dan tak layak untuk disebut sebagai kasur lagi.

Aku melangkah perlahan mendekati tempat tidur Emak. Tidak ... tidak! Itu bukan tempat tidur, tetapi hanya tiga lembar papan yang dilapisi dengan tikar dan kasur lapuk usang yang sudah terjahit di beberapa tempat. Tidak ada bantal, hanya selembar kain usang lusuh berwarna biru yang menyelimuti sebagian tubuhnya. Air mataku tak dapat tertahan lagi, tumpah sudah bening kristal yang sejak tadi berdesak-desakan di pelupuk mataku untuk keluar.

"E ... Emak!" suaraku bergetar saat memanggil sosok wanita hebatku yang kini terbaring lemas tak berdaya.

"Bulan ...." Emak berpaling, wajahnya tergambar keterkejutan dan iris matanya yang sayu berkaca-kaca.

Tanpa keraguan aku menghambur ke dalam pelukan Emak. Ada rasa sesal, sakit, dan juga sedih bercampur menjadi satu di relung hati. Aku benar-benar merasakan jadi anak yang durhaka. Aku hidup senang di perantauan. Aku bahagia di daerah orang, tetapi aku tak pernah menyangka jika keadaan wanita terhebatku sangat menderita seperti ini. Aku menangis di dalam pelukan Emak sejadi-jadinya.

Aku sangat menyesal atas apa yang dirasakan Emak. Aku juga sangat kecewa pada saudara-saudaraku yang tidak pernah memberitahuku tentang keadaan Emak yang sebenarnya. Padahal aku setiap satu bulan sekali selalu mengirimkan uang ke Emak lewat saudaraku.

Setiap aku mengirimkan uang, aku selalu bertanya keadaan Emak, tetapi saudaraku selalu mengatakan jika Emak baik-baik saja, bahkan Emak sangat sehat. Namun, siapa sangka jika apa yang dikatakan saudara kandungku itu semua hanyalah kebohongan.

"Maafkan Mak, Bulan," ucap Emak di sela-sela tangisnya.

"Tidak, Mak. Bulan yang seharusnya minta maaf." Aku melepaskan pelukan Emak perlahan dan duduk sambil menggenggam tangan kurus yang dulu sempat menggendong, mengelus, dan menyuapiku di kala aku masih tak mengerti apa-apa.

"Emak harus jujur sama Bulan. Ceritakan semuanya yang terjadi pada Emak selama Bulan di perantauan. Jangan ada yang Emak tutupi dari Bulan, karena jika Emak tidak jujur, maka Bulan akan merasa sangat bersalah dan durhaka terhadap, Emak."

Emak menatapku cukup lama sebelum akhirnya bercerita semua yang dialaminya selama tiga tahun setelah aku pergi dari rumah karena pekerjaan. Aku terikat kontrak selama lima tahun lamanya. Sungguh tega saudara-saudaraku memperlakukan Ibu kandung mereka sendiri seperti ini. Hatiku benar-benar sakit dan kecewa pada mereka yang telah menyia-nyiakan wanita terhebat seperti Emak.

Aku sangat marah, tetapi Emak tak ingin aku melampiaskan kemarahanku terhadap saudara-saudaraku itu. Sungguh hati Emak selembut kapas dan setegar karang di lautan. Meski anak-anaknya memperlakukan dirinya seperti itu, Emak masih bisa memaafkan kesalahan saudara-saudaraku.

"Emak sudah memaafkan mereka semua, Bulan. Kamu juga maafkanlah saudara-saudaramu. Bagaimanapun juga, mereka adalah saudara kandungmu. Jangan ada dendam dan kebencian di hatimu kepada saudara sendiri," ucap Emak lirih.

Aku yang awalnya terbawa emosi dan amarah yang begitu besar, akhirnya terendam oleh sejuknya kata-kata Emak. Aku kembali memeluk wanita terhebatku dan aku juga berjanji setelah ini tidak akan membiarkan Emak menanggung penderitaan ini lagi. Aku sudah bertekad untuk membawa Emak bersamaku ke Banda Aceh untuk tinggal bersama di rumah dinasku.

Aku juga akan membelikan baju baru, kasur baru, serta selimut baru untuk Emak nantinya. Tak akan kubiarkan wanita terhebatku menderita. Akan aku buat Emak tersenyum bahagia di hari senjanya. Emak ... maafkan anakmu ini yang kurang perhatian, kurang memberikan waktu, kurang memberikan kasih sayang, dan kurang mengetahui apa keinginanmu, Emak.

Setiap orang tua pasti tidak akan pernah bisa membenci anaknya sekalipun mereka telah melukai batin dan hatinya. Jadi, yang masih memiliki orang tua, jagalah, sayangilah, dan cintailah mereka seperti mereka menjaga, menyayangi, dan mencintaimu di kala kamu masih kecil. []

Namanya **Mistahul Jannah**, dengan nama pena Mitha RhezQy. Ia lahir pada tanggal 12 September di Bireuen. Saat ini Mitha berdomisili di Aceh tepatnya di Kota Bireuen.

Gadis yang memiliki hobi bermain *game* dan menyukai hal-hal mistis itu bercita-cita ingin menjadi seorang dokter dan penulis.

# Kesetiaan Sang Suami

Ririn Astriyani

Setiap pasangan selalu mendambakan keturunan ketika hubungan mereka telah memasuki biduk rumah tangga.

Rafa dan Wulan, pasangan suami istri yang telah mengarungi kebersamaan selama lima tahun dengan penuh kebahagiaan. Pekerjaan suami yang menjanjikan serta memiliki jabatan, rumah bak istana, tanah, perkebunan, dan kendaraan mewah telah dalam genggaman. Namun, semua itu masih terasa tak berarti karena hingga kini buah hati yang selalu dinantikan belum kunjung tiba.

"Rafa, sebaiknya kamu terima saran dari ibu. Jika kamu menikahi anak dari sahabat ibu, pasti dia akan memberikanmu keturunan untuk menjadi pewaris dari semua yang dimiliki oleh almarhum ayahmu!" perintah Bu Lidya pada anak semata wayangnya.

Deg!

Mendengar perintah dari ibu mertua pada suaminya, membuat jantung Wulan seperti berhenti berdetak. Bagaikan disayat sembilu, hatinya terasa perih mendengar ucapan itu.

Setelah selesai menata hati hingga kembali tenang, Wulan menghampiri Bu Lidya di ruang keluarga sambil membawa nampan yang berisi teh manis hangat dan beberapa toples cemilan kesukaan sang mertua untuk disuguhkan. Tak hangat seperti biasanya, tatapan Bu Lidya begitu dingin dan tampak enggan menyapa sang menantu.

Wulan yang merasa tertusuk dengan tatapan mata sang mertua yang begitu tajam, mencoba menenangkan hatinya agar bisa mencium tangan Bu Lidya dengan takzim. Tak ingin dianggap sebagai menantu durhaka, Wulan tetap menjaga tata krama dan sopan santun.

"Wulan, jika kamu benar-benar mencintai Rafa, tentu kamu ingin melihat kebahagiaannya, kan? Berikan dia anak maka Rafa tak akan pernah meninggalkanmu. Ibu pulang dulu!" pinta Bu Lidya pada anak dan menantunya, tanpa menyentuh makanan dan minuman yang telah disuguhkan.

Poligami, itulah yang ada di pikiran Wulan. Wanita cantik ini merasa jika sang suami akan menyetujui saran dari ibunya untuk menikah lagi. Sungguh, Wulan tak rela jika harus berbagi suami. Wanita ini lebih memilih hidup seadanya bersama Rafa daripada menikmati kemewahan, tetapi suaminya memiliki dua istri.

"Sayang, tolong jangan salah paham dengan ucapan Ibu," pinta Rafa pada Wulan.

Rafa tahu kalau sebenarnya Wulan mendengar obrolan antara dirinya dengan sang ibu. Dia juga yakin jika sang istri merasa terluka hatinya.

Kedua netra Wulan mulai menghangat dan berembun. "Jika memang perintah dari Ibu tak bisa kau tolak, mau tak mau aku harus merelakanmu memadu kasih dengan istrimu yang baru agar kau bisa memiliki keturunan, Mas!"

Sungguh, bukan jawaban itu yang ingin Rafa dengar dari Wulan. Pria tampan itu hanya ingin sang istri berbesar hati, kemudian mereka berusaha kembali untuk mendapatkan apa yang diinginkan.

Dengan sabar Rafa membujuk Wulan untuk kembali melakukan program kehamilan di tempat yang berbeda. Tahun pertama mereka menikah, Wulan sempat mengandung selama tiga bulan. Namun, pasangan ini harus merasakan kecewa dan kehilangan calon buah hati karena ternyata janin di rahim Wulan kondisinya sangat lemah. Selain itu, istri Rafa memanglah tipe wanita karier yang profesional. Separuh waktunya habis untuk melakukan pekerjaan di perusahaan milik sang suami.

Akhirnya, Wulan memutuskan untuk menjadi seorang ibu rumah tangga sepenuhnya tanpa harus melakukan pekerjaan di luar rumah. Demi calon buah hati, mereka rela menjalani program hamil mulai dari yang alami, inseminasi hingga proses bayi tabung.

Namun, usaha yang mereka lakukan belum membuahkan hasil meskipun para dokter yang mereka datangi satu per satu menyatakan jika pasangan itu tidak ada masalah, dan sama-sama sehat dalam organ reproduksinya. Mereka hanya perlu bersabar untuk mendapatkan titipan di rahim Wulan dari Sang Pencipta.

Rafa sadar jika selama menikah dengan Wulan, Ibunya merasa kesepian karena hanya tinggal bersama para asisten rumah tangga. Sementara dirinya tinggal bersama sang istri.

Tak kenal menyerah, Bu Lidya pun bukan hanya sekali dua kali menawarkan anaknya berpoligami demi mewujudkan keinginannya untuk mendapatkan cucu. Namun, usahanya selalu sia-sia karena Rafa sungguh-

sungguh mencintai istrinya meskipun mereka belum dikaruniai buah hati.

Rafa terus berjuang meyakinkan sang istri jika memang mereka ditakdirkan hanya hidup berdua tanpa keturunan. Dia berjanji tak akan pernah pergi meninggalkan ataupun menduakan. Rafa hanya ingin sang istri bersemangat dalam menjalani kehidupan rumah tangga tanpa harus terbebani dengan desakan orang di sekitarnya untuk segera memiliki keturunan.

Mereka sempat berniat untuk mengadopsi bayi dari panti asuhan, tetapi Bu Lidya menolak mentah-mentah karena hanya ingin memiliki cucu kandung. Akhirnya, pasangan ini sepakat dan memutuskan untuk pasrah dan menyerahkan semuanya kepada Sang Maha Pencipta.

Kini, Rafa dan Wulan lebih banyak melakukan ibadah, dan juga meditasi penenangan jiwa serta pikiran sebagai jalan untuk program hamil kembali. Mereka berdua mencoba melepaskan semua beban yang mengganggu pikiran hingga hati mereka berdua merasa tenang.

Di ulang tahun pernikahan Rafa dan Wulan yang keenam, dengan izin Sang Maha Kuasa, akhirnya yang mereka tunggu telah tiba. Sebuah kado yang sejak lama dinantikan kini hadir menghuni rahim Wulan, dan sembilan bulan kemudian lahir dengan selamat tanpa kekurangan apa pun. Sepasang bayi kembar tengah mengisi kebahagiaan pasangan suami istri yang selalu bersabar dan berusaha dengan ikhlas menyerahkan semuanya pada Sang Maha Segalanya.[]

**Ririn Astriyani**, biasa dipanggil Bunda Una semenjak anak laki-lakinya duduk di bangku Taman Kanak-Kanak. Dia lahir di Karawang, 15 Februari 1987. Sekarang, Bunda Una menetap di Cirebon karena mengikuti suaminya.

Sejak kecil, Bunda Una suka membaca cerpen, dan di usia 17 tahun mulai suka membaca novel. Baru 3 bulan ini menekuni kegiatan baru sebagai penulis novel *online* dan sangat menikmati pekerjaan itu. Semoga menjadi berkah bagi kita semua.

Karya Bunda Una bisa dibaca di aplikasi KBM, Fizzo Novel, dan ShortNovel dengan nama pena Ririn Astriyani.

# Jalan Tuhan

SHAFA

Memiliki impian dan harapan merupakan hal yang mutlak bagi setiap orang. Tidak mungkin jika dikatakan tidak punya. Meskipun terkadang ada sebagian orang yang dengan tegas berkata, "Aku tidak punya impian apa pun. Aku hanya akan menjalani hidupku sebagai mana mestinya, santai, hari ini kujalani, dan untuk besok akan aku pikirkan pada esok pagi!" Terkesan seakan dia begitu percaya diri. Sungguh, untaian kalimat yang terdengar munafik terhadap diri sendiri.

Bagaimana tidak, jika anak kecil yang masih duduk di bangku Taman Kanak-Kanak saja masih bisa berkata memiliki cita-cita. Lantas, bagaimana bisa seorang dewasa akan mendustakan kata-katanya?

Namanya Sarah Nurfazilah. Seorang gadis manja bermata indah dengan paras jelita yang terbiasa hidup serba kecukupan tanpa harus berpikir panjang, dan tanpa harus berusaha terlebih dahulu untuk apa pun yang ia inginkan. Iya ... dia hanya cukup berkata, "Mah, Pa, aku ingin ini, dan itu ...." Maka tanpa membutuhkan waktu yang lama, semua itu akan digenggam di tangannya.

Ketika itu ia baru menduduki bangku kelas tiga Sekolah Menengah Pertama (SMP). Usianya masih sangat muda. Hidup di dalam rumah yang megah layaknya istana serta diperlakukan serupa putri raja adalah keberuntungan bagi Sarah sejak ia terlahir ke dunia. *Alhamdulillah,* orang tuanya termasuk orang berpunya. Dalam segi materi mereka tidak pernah merasa kekurangan apa-apa. Akan tetapi, sayangnya Sarah sangat miskin dalam hal bekal untuk bisa mandiri dalam menghadapi dunia.

Hari itu Sabtu pekan terakhir. Tarikh menunjukkan angka istimewa untuk kebahagiaan yang luar biasa bagi seorang dara yang hatinya sedang berbunga-bunga. Tepatnya tanggal 25 Mei, hari ulang tahun bagi seorang Sarah Nurfazilah dimegahkan. Pesta perayaan pada siang hari berjalan lancar, dan dapat dinikmati dengan penuh ceria. Acara itu pun telah selesai sebelum petang beranjak pulang.

Lumrahnya insan biasa yang tak luput dari ketidakpuasan serta punya hasrat untuk terus berjelaga. Ketika malam hari tiba, setelah senja berpamitan pulang dari Jingga, Sarah bersama keluarga juga berangkat pergi menuju kota. Berniat hendak jalan-jalan mencari hiburan serta melepas penat tadi siang. Setelah merasa puas, mereka pun kembali menuju pulang. Tidak ada yang bisa menerka kehendak Tuhan, dan takdir yang akan berdiri di hadapan kita.

Dalam perjalanan pulang, suatu kemalangan menimpa keluarga Sarah. Sebuah kecelakaan telah merenggut nyawa kedua orang tuanya. Suasana jalan sangat sepi. Sarah terlunta-lunta sendirian di tengah heningnya malam. Sesekali desau angin membawa suaranya yang meminta pertolongan. Tidak ada satu pun manusia yang mendengar erangannya. hingga pada akhirnya lirih suara itu pun hilang di antara remang malam, entah ke mana.

Beberapa hari berlalu. Genap satu minggu setelah peristiwa itu terjadi. Belum ada kabar tentang mata indah Sarah yang terbuka. Dalam ruangan itu hanya ada satu orang saja yang datang dan pergi menemani Sarah yang sedang berjuang antara hidup dan mati. Entah dia siapa.

"Suster ... Dokterr ... Sarah Susterrr ...."

Tiba-tiba suara wanita itu terdengar memanggil perawat dengan nada panik dari balik ruangan.

"Iya Ibu, ada apa?"

Dokter bertanya sambil berjalan masuk ruangan

"Sarah Dokter ..." timpal si Ibu.

Ternyata Sarah tiba-tiba terengah-engah. Seakan enggan bernapas. Dokter pun berusaha keras menstabilkan suasana panik tersebut. Berkat doa si Ibu tua, Sarah baik-baik saja. Meskipun masih dalam keadaan koma.

Dua hari berlalu setelah peristiwa itu Sarah pun membuka mata. Dia telah selamat dari mara bahaya. Hal yang pertama ia tanyakan adalah keberadaan kedua orang tuanya. Betapa hancur hati Sarah saat mengetahui segalanya. Si Ibu tua lantas memberinya dekapan serupa pelukan hangat sang Bunda.

Tidak butuh waktu lama, Sarah bisa dibawa pulang ke rumahnya. Akan tetapi, bukan rumah yang sebelumnya ia tempati bersama orang tuanya, melainkan ke rumah seorang wanita tua yang selama ini menemaninya di rumah sakit. Ternyata wanita itu adalah neneknya. Ibu tiri dari ibunya yang selama ini tidak pernah Sarah tahu karena ibunya tidak pernah memberi tahu. Ibunya Sarah tidak menyukai ibu tirinya yang berasal dari keluarga yang tidak mampu.

Padahal wanita itu sangat baik. Walaupun tidak sedarah dan berbeda kasta, tetapi hatinya sungguh mulia. Sementara suaminya (kakeknya Sarah) sudah lama tiada.

Tidak tahu bagaimana kisah tentang rumah serta tempat usaha orang tuanya. Kabar terakhir yang Sarah terima dari seorang pengacara mengatakan bahwa rumah serta tempat usaha orang tuanya semua telah disita oleh bank. Entah bagaimana itu bisa terjadi, Sarah juga tidak mengerti. Syukur semua biaya rumah sakit bisa terlunasi.

Singkat cerita, Sarah pun tinggal bersama neneknya. Keseharian neneknya yang hanya seorang pedagang sayur kaki lima di tambah rumah yang dalam keadaan seadanya, membuat Sarah awalnya merasa sangat tidak betah. Lantas, jika tidak tinggal di sana dia akan ke mana?

Awalnya memang tidak mudah, terlebih bagi seorang anak emas seperti Sarah, tetapi lama-kelamaan ia juga akan terbiasa. Di sela-sela waktu luang sepulang dari sekolah Sarah selalu membantu neneknya berjualan sayur di pasar. Bersyukur Sarah tidaklah arrogan. Meskipun sebelumnya dia anak emas, tetapi kini ia bisa beradaptasi dengan keadaan. Tidak pernah memaki apalagi sampai menyalahkan takdir Tuhan. *Na'uzubillah.*

Tiga tahun perjuangan telah berlalu. Keadaan hidup Sarah yang dulu megah kini berada di antara sayur-mayur, dan rempah-rempah. Walaupun demikian, semangatnya tidak pernah patah. Lembar-lembar hijau dedaunan terus disulap oleh Sarah menjadi pundi-pundi rupiah. Tekadnya yang kuat hendak meneruskan pendidikan di bangku kuliah telah mendorong semangatnya untuk bangkit, dan pantang menyerah.

Selain itu, tidak luput juga kesabaran seorang nenek yang dengan tulus menyayanginya selama ini serta membimbingnya sepenuh hati. Sarah kini menjadi pribadi yang mandiri. Sarah yang dulunya hanya tahu menikmati makanan siap saji, kini menjadi seorang pemilik rumah makan yang tidak pernah sepi dari pelanggan.

Tertanam niat mulia di benak Sarah, hendak membalas jasa membahagiakan sang nenek yang pernah tidak dianggap oleh orang tuanya dulu. Sarah. Anak muda berbakat yang tidak kasat mata pada awal mula. Berusaha segenap jiwa raga hendak menebus kesilapan orang tuanya dalam menghargai, dan berbakti kepada seorang wanita paruh baya yang selama ini telah berstatus sebagai ibu sambungnya (ibu tiri sang bunda).

Yang Maha Kuasa sungguh rapi mengatur jalan hidup hamba-Nya. Seorang gadis manja kini berubah menjadi pengusaha muda yang luar biasa. Maka, nikmat Tuhan mana lagi yang hendak Engkau dustakan?

**Shafa** adalah nama pena dari seorang wanita yang terlahir di Tanah Rencong-Aceh pada 19 September, 32 tahun yang lalu. Menulis sudah menjadi kesenangannya sejak ia masih berada di bangku Sekolah Menengah Pertama.

Baginya menulis adalah cara terbaik untuk bisa berdamai dengan keadaan tanpa mengabaikan perasaan. Sayangnya, *insecure* adalah kelemahan Shafa sehingga tulisannya belum bisa dinikmati oleh banyak mata kala itu.

Seiring berjalannya waktu, ia pun menyadari bahwa kemampuan tidak untuk disimpan sendirian. Tidak ada salahnya mencoba berbagi. Harapannya adalah semoga apa yang ia goreskan bisa membawa manfaat bagi siapa pun yang membacanya. *"Stay be your self"*.

# Glowstick

CICIK TATA

*"It's okay to be glowstick: Sometimes we have to break before we shine" - Jadah Sellner*

Sore menjelang senja, langit berubah sedikit demi sedikit menyemburatkan sandyakala menggoda *Opacraphile* untuk mengabadikan suasana swastamita. Perlahan matahari mulai beristirahat setelah mengabdi bagi seluruh kehidupan bumi seharian lamanya. Dari ufuk barat, matahari melambaikan tangan menyampaikan ucapan selamat istirahat bagi seluruh kehidupan di bumi. Agung nian ciptaan Sang Penguasa alam.

Namun, keindahan di luar rumah berbanding terbalik dengan suasana dalam kamar Riri. Bunda sedang menyuapi Riri yang terbaring lemah di ranjang. Sejak kemarin batuk disertai sesak napas kembali menghampiri anak gadisnya. Sejak kecil Riri memang tidak boleh terlalu lelah beraktivititas. Ia tak boleh memakan es krim atau jajanan yang banyak mengandung pengawet dan penyedap, serta melakukan aktivitas fisik yang berlebihan.

Seiring waktu berlalu, Riri mulai memahami bahwa semua aturan itu untuk kesehatannya, bukan untuk kepentingan sang Ibunda. Dulu sewaktu SD, ia sering jajan makanan yang beraneka ragam di depan sekolahnya. Akibatnya, sesaknya kumat dan Riri akan berbohong menutupi salahnya. Namun nyatanya tanpa diberitahu pun

Bunda mengetahui persis bahwa Riri melanggar pantangan yang menyebabkan penyakitnya kambuh.

"Ayo dong, makannya dihabiskan, gimana mau berangkat kalau masih sakit begini, atau batal saja berangkat besok?" bujuk Bunda.

"Sayang sekali, tetapi andai tak jadi berangkat, tiketnya hangus. Ayah dan Bunda sudah mengeluarkan banyak uang untuk beli tiket. Surat izinnya pun hanya sampai besok. Tak enak dengan dosen pembimbing, masak baru kuliah sebulan sudah minta izin, molor lagi seperti anak manja," ucap Riri dengan sedikit tersengal. Memang keadannya sudah membaik, tapi tetap saja lelah berbicara.

"Obatnya belum sempurna bekerja, *insyaAllah* besok baikan, Bun." Optimis Riri menepis kekhawatiran ibunya.

"Maafkan Cutpo ya, karena Riri pasti kecapean menemani Cutpo pagi-pagi ke salon beberapa hari ini," sambung Cutpo, panggilan buat kakak perempuannya yang baru saja melangsungkan pernikahan dua hari yang lalu

*"Its ok Cutpo. I love you so much,* " balas Riri sambil memeluk kakaknya.

Riri memang sengaja pulang dari Surabaya karena ingin mendampingi sang kakak yang akan menikah. Dari kampusnya, Riri mendapat kesempatan belajar di Universitas Airlangga pertukaran pelajar Program Mahasiswa Merdeka. Awalnya kedua orang tuanya tidak mengizinkan karena kondisi fisiknya yang butuh perhatian khusus, tetapi tekad dan kemauannya kuat, hingga pada akhirnya seluruh keluarga mendukung keinginan Riri untuk belajar dan menimba pengalaman di universitas impiannya.

Sebulan berikutnya, sebagaimana yang direncanakan, ia akan pulang dan mengajukan surat izin pada dosen pembimbingnya karena acara pernikahan Cutpo. Mereka ingin menghabiskan waktu bersama karena sebelumnya mereka jarang bersama. Cutpo sibuk dengan pendidikannya sebagai calon Dokter Spesialis dan sekarang ia akan menikah. Seminggu yang lalu, Riri yang tak pernah bepergian jauh sendirian sebelumnya, kembali pulang ke kotanya, di ujung Pulau Sumatra.

"Riri bisa tidak ya berangkat besok Bunda?" tanya Riri.

"*InsyaAllah* besok sudah bisa terbang lagi. Riri anak kuat, harus sehat harus semangat. Bukankah cita-citanya mau sekolah di luar negeri?"

"Iya,Bunda."

"Sudah azan magrib tuh, yuk kita shalat magrib dulu. Cutpo kita bantu Riri *packing* ya setelah makan malam nanti," ajak Bunda.

"Siap, Bunda Cinta!"

*"Come on my beautiful girls, ready for today?"* sapa Bunda pada kedua anak gadis yang masih beres-beres *packing*. Tak banyak barang bawaan Riri, hanya ransel kecil dan makanan khas daerah sebagai buah tangan untuk dosen pembimbing dan kawan kawan karib di asrama mahasiswa

*"Feeling well for today?"* senyum Bunda lagi sambil mengelus pipi Riri berhasil menyembunyikan rasa tak tega melepas Riri berangkat kembali ke Surabaya dengan kondisi fisik yang belum *totally recovered,* tapi ia juga tak boleh lemah di hadapan putrinya

*"Bun, InsyaAllah I will be fine, I have to be strong. I want to make Bunda proud of me,"* balas Riri ceria. Batuk dan sesaknya sudah berkurang. *Round-trip* tiketnya tak bisa *di-reschedule* dan ia harus kembali hari ini kecuali siap beresiko membeli tiket baru.

*"No worries, Bunda. Just praying for us.* Doa Bunda akan menembus langit dan bumi kan?" sambung Cutpo. Mereka bertiga memang sedang berkumpul dikamar Riri

"Then, what time leavin` home?" tanya Bunda lagi.

"Kayaknya kita sudah bisa siap-siap nih. Kita berangkat lebih awal dan sempat ngopi sebentar," usul Cutpo, "kita girl`s time ya, Bun!"

"Kamu bukan *girl* lagi, tapi *lady*, udah nikah juga," sahut Bunda pada anak tertuanya.

"Ih, Bunda, baru dua hari juga," protes Cutpo

Menurut jadwal penerbangan, Riri akan berangkat jam 12.15 dan transit di Jakarta sebelum melanjutkan perjalanan ke Surabaya. Hal ini yang sebenarnya agak merisaukan Bunda dan keluarga karena diperkirakan Riri tiba Surabaya sekitar jam sembilan malam, terlebih Riri berangkat seorang diri dan memang tidak pernah melakukan perjalanan seorang diri di kota yang masih belum familiar baginya, ditambah lagi dengan kondisi kesehatannya sekarang ini.

Sebenarnya mereka lebih tenang bila ada jadwal penerbangan pagi dengan perkiraan tiba saat sore, tapi untuk hari yang dimaksud, jadwal yang tersedia hanya waktu siang dengan perkiraan tiba tempat tujuan malam hari. Akan tetapi, semuanya yakin bahwa Riri mampu melewati itu semua

Suara kwek kwek bebek meletar dari ponsel sejenak membuyarkan konsentrasi Bunda yang melamun akan Riri. Perasaannya masih belum tenang selama Riri blum tiba ditempat tujuannya Ia dan Cutpo sudah kembali ke rumah sesaat setelah Riri memasuki ruang tunggu.

"Pesawatnya *delay* Bun, ditunda hampir dua jam," lapor Riri

"Waduh, jadi tambah telat nyampe asrama. Istirahat saja Nak, Riri sehat, kan?"

*"I' m fine*. Cuma bosan aja, lama sekali *delay*-nya!"

"Baca doa sambil menunggu, ya. Jangan lupa obatnya terus roti dimakan juga biar nggak kosong kali perutnya." Bunda mengingatkan.

"Baik, Bun. Doakan Riri ya, Nda, " pinta Riri.

Bunda baru selesai salat magrib saat ponselnya berdering, pangillan dari Riri.

"Bagaimana perjalanannya Nak?" Bunda mengawali percakapan.

Riri takut dan bingung terdengar suara isak di seberang.

"Ada apa?"

"Karena *delay,* pesawat yang harusnya jadi tumpangan Riri berikutnya sudah berangkat. Riri dianggap lalai dan ketinggalan pesawat. Bagaimana ini Bunda, sesak lagi nih," terdengar suara batuk Riri.

"Sudah coba hubungi petugasnya?"

"Sudah, Riri ketinggalan pesawat katanya. Riri takut."

“Riri tenang dulu biar Bunda bicara dengan Ayah ya. Jangan panik. Pasti ada jalan keluarnya. Bunda tutup dulu telepon ya!”

“Riri tolong datangi petugas di *counter*. Biar Ayah yang coba bicara dengan petugasnya. Jangan panik!" bimbing ayah setelah mendengar penjelasan Bunda.

Dalam keadaan lemah dan takut, Riri mendatangi petugas lagi dan menyerahkan ponselnya memberitahu bahwa orang tuanya hendak berkomunikasi. Ayah berusaha menjelaskan permasalahan pada petugas bandara, Mbak Angel namanya, melalui sambungan telepon. Ayah juga mohon kerendahan hati Mbak Angel agar dapat menolong Riri. Setelah melalui beberapa instruksi akhirnya Riri memperoleh *boarding pass* dan bisa terbang malam itu. Semua lega.

“Perjuangan belum final, Riri masih harus memesan taxi menuju asrama. Ya Allah mudahkan segalanya buat Riri," doa Bunda.

“Kita pakai aplikasi pelacak, Yah!" usul Cutpo.

“Iya, usul yang bagus," sahut Ayah.

“Riri, kami pantau perjalanan kamu ya. Semoga sopir taksinya orang baik hati."

“Baik, Yah."

Butuh waktu sekitar satu jam dari Bandara Juanda menuju asrama putri. *Alhamdulillah* perjalanan lancar. Riri tiba di asrama sekitar jam sebelas malam. Komunikasi lewat telepon terus berlanjut hingga Riri tiba di kamarnya di lantai sepuluh.

"*Alhamdulillah,* anak ayah sudah selamat tiba tempat tujuan. Jangan lupa salat dulu terus langsung istirahat ya. Baru lega hati kami di sini. Anak ayah memang hebat, walaupun ada rintangannya, tapi bisa lolos ujian," ayah bicara lewat video-call.

"*Alhamdulillah,* tapi Riri masih gemetaran nih, Yah."

"Hebat anak Bunda. Lain kali kalau ada masalah gini lagi nggak takut lagi kan?"

"Iya, Nda. Terima kasih Yaa Allah karena ngasih Riri keluarga hebat."

"Riri seperti *glowstik,* patah dulu untuk bersinar, dapat masalah dulu supaya jadi lebih kuat, anak rantau, kan," lanjut Ayah.

*Alhamdulillah,* segala puji bagi Allah. Jaga kesehatan, ya udah, istirahat sana. Besok teleponan lagi!" pesan Bunda mengakhiri percakapan mereka.

Semua lega, semua bahagia. Tak terasa mengalir airmata Bunda. Perasaan haru dan syukur atas segala nikmat Allah. Walaupun terkesan remeh dan terkadang masalah sepele, ia yakini dapat memperkuat batin serta memperkaya pengalaman Riri. Bunda ingat tulisan yang pernah dibacanya, *Its ok to be glowstick: sometimes we have to break before we shine.* []

***Banda Aceh, 27 Mei 2023***

**Cicik Tata** adalah nama pena Marlita, lahir di Banda Aceh 27 Oktober. Saat ini aktif mengajar di salah satu Madrasah Aliyah di Banda Aceh. Sangat terinspirasi dengan kata Imam Al Ghazali, "Jika kamu bukan anak raja dan kamu bukan anak ulama, maka menulislah".

Hobi membaca, memasak dan menulis. Bersama beberapa teman saat ini sedang berusaha menggali tentang makanan khas daerah Aceh.

# Senyum Itu Sedekah

ALIYATUL ROCHMA

Senyuman menjadi obat tersendiri untuk jiwa-jiwa yang rapuh. Banyak hal positif yang bisa dirasakan saat mulai memberikan senyuman kepada lingkungan sekitar kita terutama keluarga kesayangan. Begitu pula yang dirasakan sosok ibu muda yang bernama Nuraisyah Basmah. Status sebagai ibu satu anak yang rela keluar dari dunia kerja yang sudah lama dia tempati. Itu semua demi mengurus buah hati dari pasangannya, Khandan Faraby. Suaminya telah memintanya saat masa kelahiran putri mereka, agar istrinya bisa *resign* dari pekerjaannya untuk mengurus buah hati mereka.

Awal mula Nur, nama sapaannya, merasa sangat berat hati untuk keluar dari tempat kerjanya dahulu, tetapi dia bertekad niat berbakti kepada suaminya. Maka dia pun menyetujuinya, meski dengan berat hati. Dia berusaha terus berpikir positif atas pilihan hidupnya, terlebih lagi suaminya begitu sangat menyayangi istrinya.

"Suamiku, terima kasih atas jerih payahmu untuk keluarga kecil kita. Semoga  kita senantiasa diberikan kesehatan dan keberkahan." Nur menyampaikan dengan penuh haru kepada suaminya yang sedang bermain dengan putri mereka.

Meski hingga kini, usia putri pertamanya beranjak satu tahun. Namun, Nur masih terus belajar beradaptasi dengan rutinitas semula. Peralihan dari masa wanita karier menjadi ibu rumahan. Terkadang dia merasa jenuh dengan rutinitas sebagai ibu rumahan, dia sudah jarang bertemu dengan teman-temannya dahulu semasa bekerja. Suaminya terus men-*support* istrinya untuk lebih nyaman saat di rumah bersama buah hati mereka.

"Istriku, semangat ya. Semoga Allah *Subhanahu Wa Ta'ala* membalas segala bakti baikmu untuk keluarga kecil kita." Aby memeluk istrinya sangat erat sekali.

Hari demi hari mereka lalui bersama di rumah orang tua Aby. Meskipun tinggal satu atap bersama mertua, Nur tampak selalu tersenyum bahagia menjalani kehidupannya. Meski terkadang dia merasa kurang nyaman saat berada di rumah, dia tetap berusaha tegar dan kuat menerima celotehan orang-orang terdekatnya yang kadang membuat dia rapuh. Kerabat dan teman dekatnya sering memberikan perkataan yang kurang enak didengar atas pilihan Nur menjadi ibu rumahan.

Nur selalu membalas itu semua cukup dengan senyuman. Dia tidak begitu mempedulikan hal yang kurang pantas dia pikirkan. Baginya senyum itu sedekah, segala hal baik akan kembali dengan baik pula. Begitu pun dengan niat baik dia untuk selalu berusaha menjadi ibu yang baik untuk anaknya, istri yang patuh kepada suaminya dan berbakti kepada mertuanya.

"Biarlah ini menjadi kisah hidupku yang baru, yang akan kujalani dengan penuh senyuman manis." Nur mulai menghibur diri sambil nonton drama Turki kesukaanya.

Sejak bangun subuh hingga menjelang waktu tidur malam, rutinitas sebagai ibu rumahan tidak ada habisnya.

Dia mulai mencari cara agar supaya dia lebih nyaman saat di rumah saja dengan kesibukan pekerjaan rumah yang menumpuk.

Kini dia mulai tertarik dengan dunia literasi. Mulai rutin menulis saat waktu luang, mengikuti grup literasi di media sosial. Baginya menulis merupakan sarana dakwah yang bermanfaat untuk dirinya dan untuk khalayak umum.

"Suamiku, berikan restumu untukku," kata Nur.

"Restu apa istriku?" jawab Aby.

"Sekarang aku mulai menulis di media *online* saat ada waktu senggang," jawab Nur dengan penuh yakin.

"Iya, Sayang, semoga tulisanmu menjadi ladang dakwah untukmu dan bermanfaat untuk orang lain," Aby mencium kening istrinya dengan senyuman manis.

"Terima kasih banyak, suamiku. Ridamu akan selalu bermanfaat untuk kehidupanku." Nur meneteskan air mata sambil memeluk suaminya.

Setiap keluarga memiliki ujian hidup masing-masing, yang terpenting suami istri senantiasa saling mendukung satu sama lain. Juga terus memupuk rasa kasih dan sayang dengan senyuman yang menawan serta doa yang begitu tulus kepada Sang Pemilik Kasih dan Sayang. *Allahu Ya Rahman Ya Rahim.*[]

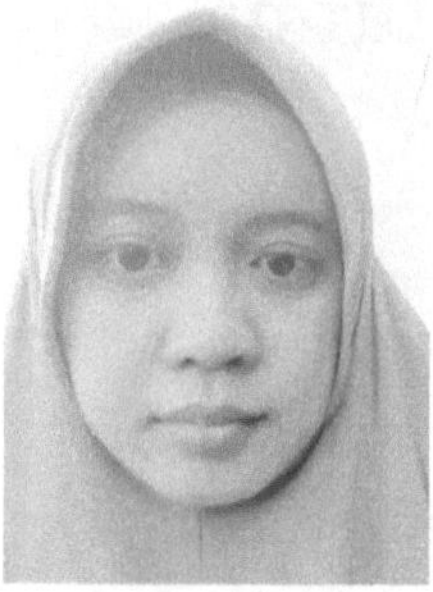

**Aliyatul Rochma** atau akrab disapa Mama ARK adalah putri pertama dari tiga bersaudara dari pasangan (alm) Bapak Basori Alwi dan (almh) Ibu Alfiyah. Dia seorang ibu rumah tangga yang lahir di Kota Pasuruan Jawa Timur pada tanggal 17 Mei 1986. Dia juga merupakan alumni dari Fakultas Ilmu Tarbiyah, di salah satu Universitas Wiranegara Kota Pasuruan.

Saat usia belia, ia mulai tertarik dengan dunia kepenulisan. Sejak SMA, dia suka menulis di majalah dinding SMAN 1 Gondangwetan. Sekarang sambil mengisi waktu luang mengasuh ketiga anak-anaknya (Alief, Rasyid, Khadijah), dia mulai aktif kembali menulis di media *online*.

Karya-karya sebelumnya dalam antologi cerpen dan puisi, dia dedikasikan untuk suami dan ketiga anaknya yang selalu mendukung dalam dunia menulis. Kesibukan sebagai ibu rumah tangga tak membuatnya menyerah dalam berdakwah lewat tulisan. Terlebih karyanya banyak terinspirasi dari pengalaman kehidupannya sendiri dan orang terdekatnya. Untuk terhubung dengan penulis, bisa *add* akun FB/IG: Aliyatul Rochma.

# Meraih Impian yang Tertunda

NIKEN HABSARI

Sari, seorang gadis muda yang bersemangat dan penuh impian, meninggalkan Indonesia untuk merantau ke Eropa demi mengejar cita-citanya. Ia tinggal di negeri asing dan menjalani pekerjaan yang memadai untuk mengirimkan uang kepada kedua adiknya yang masih bersekolah di Inggris, Zafran dan Zahra. Setelah orang tua mereka meninggal, Sari menjadi satu-satunya orang yang bertanggung jawab untuk membahagiakan dan menyokong mereka.

Meskipun Sari menjalani hidupnya dengan dedikasi yang tinggi, tetapi keinginannya untuk melanjutkan kuliah di Oxford University semakin jauh dari kenyataan. Setiap hari, Sari berusaha menahan kesedihannya dan mengubur impian yang terpendam. Ia menyadari bahwa kebahagiaan kedua adiknya lebih penting daripada mimpinya sendiri.

Suatu hari, ketika Sari tengah bekerja keras di sebuah restoran, ia bertemu dengan seorang pria bernama Raka. Raka adalah seorang mahasiswa jurusan sastra di salah satu universitas ternama di Eropa. Mereka berdua saling tertarik dan mulai menjalin hubungan. Namun, Sari merasa ragu karena ia tahu bahwa ia harus tetap fokus pada tanggung jawabnya kepada adik-adiknya.

Suatu hari, Sari berusaha untuk berbicara jujur pada Raka perihal impiannya tersebut.

"Raka, aku harus jujur padamu. Aku memiliki impian untuk melanjutkan kuliah di Oxford University, tetapi setelah orang tua kami meninggal, aku harus mengesampingkan impianku demi kesuksesan Zafran dan Zahra. Mereka adalah segalanya bagiku," ujar Sari pada Raka.

Raka, yang saat itu sedang minum jus alpukat kesukaannya, seketika menghentikan sejenak kegiatannya.

"Sari, aku mengerti bahwa keluargamu adalah prioritas utamamu, tapi, apakah kamu yakin bahwa mengorbankan impianmu sepenuhnya adalah satu-satunya cara?" tanya Raka tentang keluhan Sari tersebut.

"Aku tidak tahu apa yang harus aku lakukan. Aku merasa seperti terjebak dalam dilema ini. Aku mencintai adik-adikku, tapi di dalam hatiku ada api yang tak pernah padam, keinginan untuk mengejar mimpi-mimpi pribadiku."

"Sari, cinta dan perjuanganmu terhadap keluargamu patut diapresiasi, tapi ingatlah bahwa kau juga berhak meraih kebahagiaan dan mewujudkan impianmu. Apakah kau ingin melihat adik-adikmu bahagia dengan melihatmu bahagia?"

Percakapan itu memberikan Sari pencerahan baru. Ia menyadari bahwa mencintai adik-adiknya tidak berarti ia harus mengecilkan diri dan mengubur impian-impian pribadinya. Dengan membagi waktu dan energinya secara bijaksana, ia bisa mendukung kedua adiknya sambil mewujudkan impian-impiannya sendiri. Sari memutuskan untuk membicarakan hal ini dengan Zafran dan Zahra.

Suatu malam, saat mereka bertiga selesai makan, Sari pun mengutarakan keinginannya pada kedua adiknya.

"Zafran, Zahra, ada sesuatu yang ingin aku bicarakan dengan kalian berdua. Aku menyadari bahwa selama ini aku hanya fokus pada kebahagiaan dan kesuksesan kalian, tapi aku juga memiliki impian yang ingin kubangun. Aku ingin melanjutkan kuliah di Oxford University."

"Kak, apa maksudmu? Bukankah kita sudah sepakat untuk mengorbankan impianmu demi kami?" Zafran yang kaget mendengar perkataan Sari, menjawab secara spontan karena takut kalau Sari nantinya tidak perhatian lagi pada mereka berdua.

"Tapi, kakak, jika itu impianmu, aku yakin kami akan mendukungmu sepenuhnya." Zahra dengan bijaknya sangat mendukung keinginan kakaknya untuk melanjutkan kuliah.

"Terima kasih, adik-adikku. Aku sangat menghargai dukungan kalian. Saya berpikir bahwa dengan adanya Raka, kita dapat menemukan jalan untuk mencapai kedua impian ini. Apa pendapatmu, Raka?" Sari bertanya pada Raka, yang pada saat itu kebetulan juga sedang di rumah Sari.

"Saya sepenuhnya mendukung keputusan Sari. Kita bisa mencari cara agar Sari dapat melanjutkan kuliah sambil tetap memberikan dukungan finansial kepada kalian berdua. Bersama-sama, kita bisa mengatasi tantangan ini." Raka menjawab pertanyaan Sari dengan sangat bijak.

Sari, Raka, Zafran, dan Zahra mulai merangkai rencana yang matang. Mereka menyusun jadwal yang efisien untuk membagi waktu antara pekerjaan Sari, pendidikan Zafran dan Zahra, serta persiapan Sari untuk melanjutkan kuliah. Sari juga menghubungi lembaga beasiswa dan mencari bantuan keuangan untuk mewujudkan impiannya.

Waktu pun berjalan, dan Sari berhasil mendapatkan beasiswa yang memungkinkannya untuk melanjutkan kuliah di Oxford University. Zafran dan Zahra juga meraih kesuksesan di sekolah mereka. Mereka menjadi saksi perjuangan dan keberanian kakak mereka dalam mewujudkan impian mereka sendiri.

Pada akhirnya, Sari berhasil menyelesaikan kuliahnya di Oxford University dengan meraih gelar yang diimpikannya. Ia menjadi inspirasi bagi Zafran dan Zahra, menunjukkan bahwa cinta sejati adalah memberikan dukungan kepada orang yang kita cintai tanpa harus mengorbankan diri sepenuhnya. Mereka berempat merayakan keberhasilan mereka sambil mengingat perjuangan dan kerja keras yang telah mereka lalui bersama.[]

**Niken Habsari** lahir di kota Malang pada tanggal 10 April. Menekuni dunia literasi sejak tahun 2019. Saat ini sudah mempunyai beberapa buku antologi puisi, tiga buku antologi cerpen, dan satu buku solo.

Penulis berharap masih terus berkarya hingga tangan ini lelah. Ingin tahu lebih jauh tentang penulis, bisa mengunjungi akun sosmed penulis di:

FB: Niken Habsari
YT: Niken Habsari
IG: nike_s21
SnackVideo: Fortuna
Tiktok: Rengganis
Hal: Puisiku

# Kirana

SARI PETARUKAN

Kulihat matahari perlahan menghilang dari pandangan. Sebentar lagi malam tiba dan aku masih di sini menatap kosong.

"Kirana, sedang apa kamu di sini? Ayo tutup jendelanya dan bersiap untuk salat berjamaah di musala," ajak ibuku, dan aku menuruti perintahnya. Menutup jendela dan bergegas menuju musala untuk melaksanakan salat berjamaah.

Ibu adalah salah satu alasan mengapa aku masih tinggal di rumah ini meski kehadiranku tidak pernah dianggap oleh ia. Seseorang yang dulu kuanggap bijak, bahkan kujadikan contoh untuk pria masa depanku nanti.

Pukul 23.00 ia pulang, dan kedatangannya membuatku kaget. Aku tahu, ini bukanlah hal pertama. Namun, tetap saja ini membuatku tertekan. Ia selalu memarahiku bahkan untuk kesalahan yang kecil.

"Hei anak pungut! Lama sekali kau membuka pintu! Aku sudah lelah menunggu!" maki ayahku saat ia masuk ke dalam rumah dan langsung memarahiku. Aku terdiam, air mata yang mengalir menjadi saksi betapa kasar sikap ayah kepadaku.

"Sudah, Yah. Maafkan Kirana, ini salahku. Aku sering ketiduran, jangan salahkan Kirana," ucap Ibu membelaku.

"Ah, kalian sama saja. Ah, sudahlah."

Ayah lalu berjalan tergopoh-gopoh dan masuk ke dalam kamarnya. Aku sebenarnya penasaran, apa yang ayah lakukan sampai larut malam begini. Namun, aku tidak berani untuk menanyakannya langsung.

Jam 06.30 pagi aku bergegas pergi dari rumah. Aku tidak ingin mendengar makian dari ayah. Apa pun yang kulakukan, selalu salah dimata ayahku.

"Kirana, kamu mau ke mana?"

"Ini, Buu. Mau ke rumah Shafa sebentar."

"Janji ya sebentar? Ibu juga mau ditemani kamu di sini."

"Iya, Bu. *InsyaAllah*."

Kami pun berpelukan, tapi aku tidak bisa berkata jujur kepada ibu. Sebenarnya aku telah berjanji kepada ayah untuk melunasi hutang-hutangnya kepada Mr King.

Satu jam kemudian, aku sampai di Toko Mr King. Ia adalah pewaris tunggal dari "*Chicken Crispy*" di kota ini. Daya tarik dari usaha ini adalah tidak memiliki cabang tempat. Namun, kualitas menjadi prioritas utama.

"*Assalamu'alaikum*, permisi. Izin masuk ke dalam, Kak Nana."

"*Wa,alaikumsalam*. Eh, tunggu dulu, ini pel lantai."

"Apa Kak Nana?"

"Heh? Kau tidak dengar perintahku tadi?"

"Sudah, Na. Lakukan saja," ucap Mita sahabatku.

Akhirnya, aku menuruti keinginannya untuk mengepel lantai. Kupel lantai yang berwarna putih itu dari depan toko sampai belakang toko.

"Huh, sungguh melelahkan dan bajuku berkeringat. Bagaimana nanti jika ibuku tahu aku bekerja untuk melunasi hutang ayah padahal aku sangat membencinya? Ah, sudahlah. Nanti saja kupikirkan cara menjelaskan kepada ibuku."

Setelah selesai, aku duduk sambil meminum beberapa teguk air yang kubawa dari rumah. Baru kunikmati masa istirahatku di luar, terdengar suara riuh.

"Mr King datang, ayo bersiap. Rapikan semuanya dan cek semuanya, ya?" ucap Kak Nana mengatur para staf dan karyawan.

"Siap, Kak Nana."

Semua karyawan dan staf pun berbaris. Berbaris rapi dan berusaha menampilkan yang terbaik di hadapan Mr King. Mita menarik tanganku untuk ikut berbaris, padahal aku belum mengganti pakaianku dengan seragam.

Mr King pun berjalan sambil memperhatikan dengan teliti keadaan tokonya itu. Jika ia menemukan ada yang kurang, ia langsung mengkritik keras, bersikap kasar, dan tidak segan untuk memecat karyawannya. Sampailah ia untuk melihat barisan para karyawan dan staf. Aku satu-satunya karyawan yang tidak memakai seragam.

"Mr King, coba lihat ternyata ada yang tidak patuh kepada aturan kita di sini," ucap Kak Nana yang kulihat cari perhatian kepada Mr King.

"Iya, kamu. Siapa namanya?"

"A ... namaku Kirana."

"Oh, Kirana. Ikut aku, kita perlu bicara!"

Aku pun kaget mendengar itu. Kupikir aku akan dimarahi olehnya ternyata disuruh ikut. Tapi, apa yang akan ia katakan nanti kepadaku.

"Hei, kamu! Jangan diam saja, ayo ikut denganku," ucap Mr King. Ia pun menarik tanganku menuju ruang kerjanya.

Aku dibawa masuk ke dalam ruangan yang berisi hiasan dinding. Terdapat piagam yang terpajang tertulis 'Penghargaan makanan terlaris selama 10 tahun'. Menakjubkan warna tembok perpaduan antara warna silver dan merah dilengkapi lampu-lampu kecil di setiap sudut.

"Hei kamu, dengarkan baik-baik."

"Iya, pak."

"Apa? Pak katamu! Saya ini masih muda, usia saya 30 tahun."

"I ... iya, maaf. Jadi saya harus panggil apa? Om?"

"Sembarangan kamu!"

"Tok, tok, tok. Permisi Mr King, ada yang mau bertemu," ucap seorang sekretaris dari luar pintu.

"Suruh dia pergi! Katakan, aku sibuk."

"Brak!!!" suara pintu terbuka dengan kasar.

"Sayang, kenapa kamu menolak menemuiku?" tanya seorang wanita yang menurutku tidak pandai berpakaian. Wajahnya yang dipenuhi riasan dan kontras dengan baju yang terbuka. Aku lalu bergegas keluar sebelum Mr King menyadari itu.

"Huh, *alhamdulillah* akhirnya aku selamat. Sebaiknya aku segera mengganti bajuku dan kucuci baju ini mumpung sekarang waktunya istirahat.

Sedang asyik mencuci baju di toilet, terdengarlah suara teriakan dari luar. "Heh, apalagi ini? Hah, aku belum selesai menjemurnya," keluh di dalam toilet.

"Kirana!!! Di mana dia? Cari dia sekarang!" perintah Kak Nana kepada salah satu karyawan di luar toko.

"Ah, Kirana apa yang kamu lakukan? Marah kan, Kak Nana," keluh Mita saat mencari keberadaan Kirana.

"Iya, Kak Nana. Ada apa?"

"Itu lihat! Kaca depan kotor! Bersihkan sekarang!"

"Iya, baik Kak Nana."

Aku lalu membersihkan kaca yang kotor, lelah sekali rasanya tubuh ini. Tapi, aku harus bertahan demi janjiku kepada ayah dan demi senyum di wajah ibuku.

Jam 21.00 malam akhirnya toko tutup. Aku bergegas merapikan tas dan kubiarkan baju basah tadi di toilet. Sementara, aku pinjam seragam ini dulu dan kuganti nanti saat di toko baju yang buka 24 jam. Terpaksa aku pakai uang gajiku yang sedikit ini untuk membeli baju. []

Namanya **Sari Petarukan**. Gadis kelahiran Pemalang Jawa Tengah ini biasa di panggil Kak Sari. Motivasinya dalam berkarya yaitu: "Jangan ragu untuk meraih impianmu, semangat!"

Jika berkenan bisa mencari akun sosial medianya di facebook bernama Sari Petarukan.

# Ayah

Abd. Gawi Lilisula

Dalam satu keluarga, ada sosok yang biasa kita sebut ayah. Beliau adalah contoh nyata dalam kehidupan berkeluarga. Kerja kerasnya tak pernah lekang oleh waktu, bahkan dalam usianya sesepuh, keringat yang mengucur di balik senyumannya ada setumpuk harapan dan doa yang begitu luar biasa untuk putra-putrinya.

Dengan doa dan harapan yang selalu beliau panjatkan dalam sujud terakhirnya, kelak putra dan putrinya akan menjadi sosok yang luar biasa dari beliau. Cucuran keringatnya, air matanya, lelah dan letihnya selalu beliau sembunyikan hanya untuk melihat putra-putrinya bahagia.

Ayah, hari ini adalah sejarah baru bagi kami bahwa perjuangan dan kasih sayangmu yang selalu engkau sembunyikan adalah kesuksesan bagi kami. Air mata ini tak bisa dibendung ketika melihat perjuanganmu kala itu.

Ombak, angin, hujan, dan panas engkau hadapi di tengah goncangan laut yang begitu dalam dan mengerikan. Namun, apa yang terjadi? Engkau tetap kuat demi masa depan kami.

Terima kasih ayah, atas pembelajaranmu yang tak bisa kami dapat di sekolah mana pun. Di hari kemarin dan hari ini, kami banyak belajar tentang hidup dan kehidupan. Kami banyak belajar tentang ketulusan dan kerja keras. Hari ini pula kami belajar bahwa sabar dan ikhlasmu adalah kewajiban yang tak bisa kami bayar.

Terima kasih ayah, telah menjadi sosok terhebat dan panutan bagi kami selama ini. Banyak hal yang kami petik dari perjalanan hidup ini bersamamu. Sungguh engkau adalah pahlawan nyata bagi keluarga kami. Kelak segala kewajibanmu akan terbayar dengan surga yang dikelilingi keberkahan. Kami akan menjadi saksi di hadapan Rabbi bahwa engkau adalah pejuang tangguh dan pahlawannya kami bertujuh.

Sehat selalu ayah. Teruslah menjadi pahlawan kami sampai hingga akhir hayat nanti. Kami sangat menyayangimu hingga tak mampu membalas segala dedikasimu. Terima kasih ayah. Kami sangat mencintaimu.[]

**Abdul Gawi Lilisula**, anak kedua dari tujuh bersaudara yang hobi menulis ini lahir di salah satu desa, tepatnya di Desa Mamala, Kecamatan Leihitu, Kabupaten Maluku Tengah. Hobi menulis sebagai koleksi pribadi.

Sejak di bangku SMA, pernah mengikuti ajang MTQ tingkat kecamatan perwakilan SMA Muhammadiyah Mamala dan menjuarai juara kedua dengan kategori Fahmil Quran (Cerdas Cermat). Para sahabat bisa menyapanya via FB: Aldy Lilisula dan HP: 0812-8368-8906.

# Saat Perjuangan Cinta Dikhianati

U.S. Mariana Dewi, S.S.

Kompleks perumahan mewah yang asri itu sangat lengang di pagi yang cerah. Waktu menunjukkan pukul 09.30 pagi. Matahari mulai terik menyorot bumi tak terkecuali Telaga Residence yang menjadi tempat singgahmu saat lelah dan perlu curhat. Nenden sahabatmu jadi pilihan.

Dari kamarnya di lantai atas, Nenden menyibak gorden saat terdengar deru Pajero-mu memasuki *carport*. Seperti biasa, tanpa ketuk pintu, kamu masuk dan lansung menjatuhkan tubuhmu di sofa ruang tamu. Lalu tanpa sungkan, kamu pun berteriak, "Nenden, aku datang. Keluar dong. Ada kabar baik nih!"

Kamu geleng-geleng kepala melihat Nenden yang dengan santai satu per satu menuruni anak tangga sambil menyanggulkan rambutnya.

"Iih lelet amat sih. Buruan sini mumpung aku semangat nih!" Sambil tangan kirimu menepuk sofa sebagai isyarat agar Nenden duduk di sebelahmu.

"Eh mau minum apa? Dah sarapan belum? Aku pesankan *go food*, ya. Ada menu Ranah Gadang yang top markotop pokoknya." Temanmu Nenden berpromosi.

Kamu menertawakan Nenden yang dalam pikirannya hanya makanan saja.

"Peritku nggak laper. Aku haus darah, Nenden. Tanganku gatal ingin membunuhnya. Aku ingin tak seorang pun memilikinya. Tidak aku, juga tidak dia!

Pokoknya dia harus berakhir di tanganku!" Kamu katakan itu dengan mata berapi-api. Gigimu gemeletuk menahan emosi yang sudah menggelegak dan menguasaimu sejak dua bulan terakhir ini.

"Ya, Allah Nesaaa ... Elu kesambet ape? Elu abis lewat tempat angker mane? Elu Nesa temenku, apa setan yang nyaru jadi elu?" ujar temanmu sambil menggoyangkan bahumu.

Wajar Nenden menjadi kaget karena kamu yang tiba-tiba berubah drastis. Kamu yang awalnya mama muda yang ceria dan selalu pilih kata dalam berucap menjadi sosok mengerikan dengan kata-katamu yang ganas itu.

Ia yang baru mau membuka mulutnya, tetapi keburu kamu salib dengan ungkapan kejengkelan.

"Enak saja, aku yang berjuang dan korban materi. Papaku yang lobi kesana kemari buat kemajuan dia. Eh ... setelah jadi orang, dia hidup untuk orang lain. Sialan! Bangsat!"

"*Astaghfirullah* ... *Astaghfirullah* ... Sebenarnya Elu ngomongin ape nih? *Istighfar* Nesaaa ... Nyebut atuh ... Nyebut ...!" Temanmu itu memeluk dan mengusap punggungmu.

Kamu jengkel lalu mendorong Nenden sampai dia hampir terjungkal. Matamu merah dan melotot tajam. Kamu tidak suka temanmu itu menasihatimu.

"Kamu kenapa nggak suka aku marah sama dia? Emang suamiku yang kurang ajar kok. Tidak tahu malu! Dia sudah lupa asal-usulnya. Kacang lupa sama kulitnya. Kamu tidak tahu siapa dia! Aku sakit hati sama dia dan ingin membunuhnyaaaaa ...!" Nyalang kamu bicara.

"Nenden, kamu harus tahu," lanjutmu sambil menarik temanmu agar mendekat. Nenden tak bergeming. Sejak melihatmu marah-marah dan mengumpat habis-habisan, ia takut kalau kamu kesurupan. Apalagi menurut cerita, kompleks perumahan temanmu itu memang terkenal angker. Nenden terlihat berjaga-jaga lalu pelan-pelan mundur menjauhimu.

"Nesa, aku mandi dulu, ya. Nggak pa pa 'kan? Gerah bener nih. Elu nyantai-nyantai aja di sini. Kalau perlu ape-ape, lu panggil aja Bi Imah, ya?" ujar Nenden takut-takutan bicara padamu.

"Eh, lu napa jadi takut sama gue. Gue kagak kesurupan. Lu ngelihat gue kayak aneh gitu nape? Gue baik-baik aje. Yang kagak baik tuh laki gue. Tak tahu diuntung die!" Kamu meyakinkan temanmu bahwa kamu tidak kesurupan.

Kamu menyusul Nenden yang sudah mendekati pintu penghubung ke ruang tengah.

"Nih gue kasih tahu yang sebenernya. Suami gue selingkuh dan sekarang selingkuhannya lagi hamil 7 bulan! Gue, istrinya sejak 15 tahun, belum punya anak. Apa gue kagak panas? Coba lu pikir, Nden!" Berang kamu bicara pada temanmu yang sudah *ill-feel* sejak tadi.

"Kamu nggak tahu siapa dia 'kan? Dia itu anak pembantu yang sudah diangkat papa jadi mantu.

Disekolahkan sampai ke luar negeri! Sekarang die pejabat terhormat di kota ini! Dan Papa lakukan itu semua, karena aku sangat mencintainya!

Kuperjuangkan cinta kami dengan segala cara meskipun Mama jelas-jelas tidak suka padanya. Mama kagak rela anaknya ini nikah sama anak babu. Coba, kurang baik gimana kami nih!" ujarmu dengan nada tinggi sambil menepuk-nepuk dada.

Nenden membiarkanmu terus bicara dan tak satu kali pun menyanggah dan kamu terlihat puas. Tiba-tiba kamu mendekatkan wajahmu padanya. Nenden pun sedikit mundur.

"Nend, kalau kamu di posisiku, apa yang mau kamu lakukan? Kamu akan memaafkannya dan memberinya kesempatan atau menghabisinya agar sakit hatimu terbayar lunas?" Pertanyaanmu membuatnya, *shocked*. Setahunya, bibirmu selalu memuji suamimu sebagai pria terbaik sejagat raya.

"Ah, sudahlah! Lupakan omonganku tadi! Semoga kami akan baik-baik saja, tetapi jangan salahkan aku jika terjadi sesuatu padanya karena akhir-akhir ini otakku sering oleng." Mendengar ucapanmu, bibir Nenden membulat sempurna membentuk huruf O.

Kamu menyeringai ala senyum kuda. "Ya sudah, sana kamu mandi dulu biar seger! Aku jalan dulu, ya! *Any way*, aku harus menjajal pistol yang sudah lama terparkir kaku di lacinya. Kelihatannya 'dia' perlu olahraga agar selongsong pelurunya tidak karatan. Ha.... Ha.... Ha.... Besok kamu siaga 1 saja agar tak ketinggalan berita terbaru."

Kemudian kamu melesat dengan teman setiamu, kendaraan SUV itu. Membelah jalanan dan sampailah di sebuah tempat yang sudah dijanjikan. Semua sudah diatur sempurna dan kamu pun tersenyum saat target di depan matamu.

Batinmu meronta begitu dilihatnya tangan pria yang kamu panggil 'My Man' merangkul mesra dan membimbing perempuan yang kamu sebut "si Pelacur" itu memasuki sebuah klinik bersalin. Itulah julukanmu untuk perempuan yang telah mengakuisisi priamu.

Pistol di tanganmu bergetar dan jarimu yang lentik itu hampir menarik pelatuknya. Untungnya otakmu masih waras hingga kamu keburu sadar dan menekan dadamu untuk mengurangi rasa sakit itu sambil membatin, "Sabar. Belum waktunya! Ingat skenario. Kamu harus main cantik. Bukan di sini. Kecuali kamu ingin pindah tidur di jeruji besi dan dengan mudah akan dihabisi oleh suamimu sendiri!"

Kamu membuntuti kendaraan yang dulu setia membawamu bersamanya ke mana saja sebelum kehadiran wanita jalang itu. Air mata menggenang tak tertahan saat kau ingat masa-masa bahagia itu. Terhanyut, sampai kamu tidak bisa melihat jelas kendaraan yang menjadi intaianmu.

Tiba-tiba kamu melihat ban mobil yang dibuntuti itu oleng dan terseok tak terkendali. Dalam hati kamu berkata, "Oh dia sudah beraksi. Sip! Sekarang giliranku eksekusi akhir jadi milikku!"

Lalu mobil itu pelan-pelan terjerembab masuk ke jurang. Kamu pun sigap melepaskan tembakan kesatu, kedua, ketiga dan keempat untuk memuaskan batinmu.

Tangki bensin jadi sasaran peluru kelima dan berkobarlah kendaraan roda empat yang membawa suamimu, selingkuhan dan bayi mereka disertai suara ledakan yang dahsyat.

Kamu puas. Misimu berhasil. Kecut kamu berkata, "Inilah balasan buat orang yang tidak menghargai perjuangan cintaku. Pengkhianat! Jika tidak aku, maka siapapun tidak berhak memilikinya. Sekarang kamu bukan milik siapa siapa dan kamu pun tidak memiliki siapa siapa. Impas!"

Pistol kamu lemparkan ke kendaraan yang sedang dilalap si Jago Merah. Lalu katamu," Selamat bersatu dengan Pemilikmu. He ... he... he.... Senjata makan tuan!" teriakmu sambil melepaskan kaos tangan dari kulit yang berwarna hitam itu dan melemparkannya ke api. Kamu pun tersenyum puas lalu berlalu bersama Pajero putih yang jadi teman setiamu. []

***Trawas-Mojokerto, 3 Juni 2023***

**Mariana Dewi, S.S**. kelahiran Ciamis, Jawa Barat, 22-02-1972. Ia memiliki hobi menulis, membaca dan berkebun. Sekretaris dan penerjemah adalah profesinya dan saat ini berdomisili di Trawas, Mojokerto, Jawa Timur.

Mariana Dewi aktif menulis lagi sejak akhir tahun 2022. Karyanya Cinta Mayonnaise, Slaap Meisje, Silent Fans, Ajianku Jaran Goyang, dan puisi Saat Naluri Bicara, Cinta Masa Lalu, Pria Berbaju Lusuh, Jiwa yang Lelah, Warsa 2022, Karena Kita Berhak Bahagia, Ombak Pembawa Cinta, Beduk Takbir Menjelang Ramadhan, Rindu Dihalang Samudera, Ombak Pembawa. Rindu,dll. Kontak di FB: Mariana Dewi, IG: bungsu220272.

# Ketabahan Hati Raya

YULIA MALAWAT

Siang ini, si gadis belia yang baru lulus dari bangku pendidikan Sekolah Menengah Atas (SMA) sudah hampir sebulan menginjakkan kakinya di Jakarta, kota metropolitan.

Raya ikut pamannya ke Jakarta untuk bekerja di sana. Hal ini sangat jauh dari apa yang diinginkan Raya yakni ingin melanjutkan pendidikannya ke perguruan tinggi. Namun apalah daya, keadaanlah yang menjauhkan impian dari kehidupan masa remajanya.

"Sudah waktunya kau membantu ayah dan ibumu. Ayah tak mampu untuk menguliahkanmu meskipun jauh di lubuk hati yang dalam, ayah dan ibu ingin melihat kalian semua menamatkan pendidikan sampai ke perguruan tinggi. Untuk menyekolahkanmu sampai ke SMA saja ayah dan ibu sudah sangat bersyukur."

Ayah kemudian melanjutkan pembicaraannya lagi. "Keadaan kita memang susah, Nak, tapi ayah dan ibu sudah sangat bersyukur bisa berusaha kerja keras untuk menyekolahkan kalian minimal sampai ke pendidikan tingkat SMA. Paling tidak, kalian tidak seperti ayah dan ibu yang hanya tamatan Sekolah Dasar. Itu pun tidak sampai selesai. Ayah hanyalah seorang buruh kasar di pasar, dan Ibumu yang menjual kue titipan orang."

Mendengar perkataan ayahnya, Raya hanya menunduk diam seribu bahasa meskipun hatinya berkecamuk antara impiannya dan tanggung jawabnya sebagai anak tertua dari enam bersaudara. Sekilas Raya mengangkat wajahnya untuk menatap wajah ayahnya yang saat itu Ia tak sanggup lagi untuk menahan air matanya. Cepat-cepat ayahnya menghapus air mata yang mengalir. Ia tak ingin anaknya tahu kalau ia sendiri merasa berat untuk memberikan tanggung jawab keluarga kepada putri sulungnya. Berat hati melepaskan kepergian anaknya yang hanya tinggal beberapa hari.

Ada rasa haru dalam diri Raya. Belum pernah sedikit pun ia melihat ayahnya sedih sampai mengeluarkan air mata. Sosok ayah yang ia tahu dan kenal adalah sosok ayah yang penuh tanggung jawab, pekerja keras, dan sangat tegas dalam mendidik kami, anak-anaknya terutama dalam hal atau urusan agama. Namun, hari ini Raya melihat sebongkah batu besar itu remuk hancur tepat di hadapannya.

Seketika Raya berdiri dan memeluk sang ayah yang sedari tadi sengaja menyembunyikan kesedihan hatinnya.

“Ayah.” Kata Raya sambil memeluk dan mencium kedua pipi laki-laki paruh baya itu.

Tibalah hari di mana Raya harus berpisah dengan ayah, ibu, dan adik-adiknya.

"Raya, putriku sayang. Ingatlah selalu pesan ayah dan ibu. Jangan pernah tinggalkan sholatmu, Nak.” Kata Ibu sambil memeluk dan mengusap kepalanya Raya.

"Jangan lupa untuk selalu mengabari kami di sini, Nak,” pesan Ayah.

Beberapa hari kemudian di rumah Pamannya.

"Raya ... Raya ..." Terdengar teriakan Pamannya memanggil Raya.

"Iya Paman, ada yang bisa Raya bantu?" tanya Raya sambil menghampiri pamannya.

"Tolong siapkan makan siang untuk Paman, ya." Paman meminta penuh harap.

Raya pun bergegas ke dapur menyiapkan makanan. Sambil menyiapkan makanan, Raya tak habis pikir dengan kehidupan keluarga pamannya. Betapa tidak, sangat jauh berbeda dengan kehidupan keluarga ayah dan ibu di kampung halamannya. Meskipun ayah dan ibu sama-sama bekerja, tetapi ibu masih sempat menyiapkan makanan untuk ayah dan kami anak-anaknya.

Ayah dan ibu biar pun lelah setelah bekerja, tetapi selalu meluangkan waktu untuk kami, entah itu untuk mengajak kami bercanda dan menanyakan hal-hal apa saja yang sudah dilakukan hari ini, salat berjamaah, mengaji, dan makan bersama walaupun makanannya hanya lauk ikan asin dan sayur asam.

Berbanding terbalik dengan keluarga paman di sini, masing-masing anggota keluarga sibuk sendiri dengan dirinya. Sudah hampir sebulan Raya tinggal bersama paman, tetapi istri dan kedua anaknya selama itu tidak pernah terlihat sebagai sebuah keluarga. Jangankan berkumpul atau bersenda gurau, untuk makan bersama pun tak penah terlihat.

Mereka duduk bersama di meja makan untuk bersantap, entah itu di hari biasa ataupun di hari libur. Masing-masing mengurus dirinya sendiri.

"Paman ... makanannya sudah siap," panggil Raya.

"Oh, iya, makasih Raya," kata Paman.

Sambil makan, Paman memberitahukan kalau hari Senin depan Raya sudah boleh bekerja di kantor tempat pamannya bekerja sebagai *Office Girls*.

"*Alhamdullillah Yaa Allah,*" ucap Raya dengan nada haru bahagia.

Raya mengucapkan banyak terima kasih kepada pamannya.

"Tak apa, Raya. Sudah seharusnya Paman membantu ibumu dengan mencarikan pekerjaan untuk kamu." Kata Paman sambil makan.

Terlihat Paman makan dengan lahapnya walaupun hanya nasi berlauk tempe goreng dan telur ceplok.

Raya berguman, "Lahap sekali Paman menyantap makan siangnya. Mungkin akan lebih lahap lagi kalau makanannya dibuat langsung oleh istrinya, Tante Rika."

"Paman, Raya permisi dulu ke kamar mau salat zuhur, sekalian mau mengabari ayah dan ibu kalau hari Senin ini Raya sudah mulai bekerja di kantor Paman." Pamit Raya.

"Oh, iya. Silakan. Sampaikan salam Paman buat ayah dan ibumu ya," kata Paman.

"Baik Paman, nanti Raya sampaikan salam Paman kepada Ayah dan Ibu."

Raya kemudian beranjak dari tempat duduknya, tapi belum sempat membalikkan badannya, Pamannya berkata, "Raya, terima kasih ya sudah buatkan makan siang untuk Paman." Paman mengucapkan terima kasih dengan senangnya.

“Sama-sama Paman. Terima kasih juga karena Paman sudah berusaha mencarikan pekerjaan untuk Raya.”[]

Namanya **Yulia Malawat**. Nama panggilannya Yuli. Ia dilahirkan di salah satu desa, yakni Desa Mamala, Kecamatan Leihitu, Kabupaten Maluku Tengah, Maluku.

Saat ini ia memiliki empat orang anak. Satu laki-laki dan tiga orang perempuan yang tampan dan cantik-cantik. saleh dan salihah. Sebenarnya ia memiliki hobi menulis sejak berada di bangku Sekolah Menengah Pertama.

Alumni SMP Muhammadiyah Mamala ini memiliki cita-cita menjadi penulis yang handal. Semoga saja tercapai. Aamiin. Wanita yang selalu ceria ini bisa disapa melalui akun Facebook Yulia Malawat.

# Medali untuk Azzam

Inoer

Hidup itu proses. Tidak ada yang instan apalagi sempurna. *Insting* kita sebagai manusialah yang membuat kita berusaha untuk menjadi lebih baik.

Menjelang  tanding tepatnya empat hari lagi menuju hari-H, Azzam demam. Panasnya tinggi sekali. Dia sampai meracau dan mengeluh kalau semua bagian tubuhnya sakit, apalagi tulang kering sebelah kiri yang memar-memar akibat tendangan Chiko waktu *sparing* pertama tempo hari.

Aku panik luar biasa karena dia belum pernah mengalami hal demikian sebelumnya. Yang pertama aku lakukan adalah memanggil tulang urut. Kupikir hal ini karena efek dari memar-memarnya itu. Benar saja, dia sangat kesakitan waktu tulang keringnya mulai diurut, badan bagian bawah, dan tentu saja betisnya.

Selain urut, aku juga mengoleskan obat pereda nyeri untuk meminimalisir memarnya. Lumayan setelah diurut badannya agak baikan dan dia bisa tidur sebentar. Aku lega, pikirku cukuplah untuk istirahat tiga hari menjelang tanding. Namun, sore harinya ada *chat* yang menginfokan bahwa latihan ternyata tidak libur. Para atlet yang mau ikut tanding diarahkan mengikuti *sparing* juga. Kali ini anakku melawan Kak Bagas-*Seonbae*nya yang notabene sudah memiliki jam terbang luar biasa dan sudah bersabuk merah.

Meski Kak Bagas hanya pura-pura melawan Azzam dan kebanyakan menghindar, tetapi Azzam mengatakan padaku kalau tenaga Kak Bagas luar biasa kuat. Ia sampai kewalahan dan kehabisan napas.

"Lagian anak mau tanding main hajar aja terus. Mestinya *sparing* tuh seminggu sebelum tanding sudah *off*, jadi anak cukup istirahat untuk tanding. Nah kalau sudah begini, bagaimana?" Komentar Mama Nasya saat lihat *story* WA-ku yang tengah menemani Azzam berobat ke Dokter.

"Mungkin niatnya baik, Nas, biar Azzam nanti siap menghadapi kejuaraan. Tetapi saya, kan, tidak tahu bakal begini akhirnya!" Aku berusaha menetralisir keadaan.

"Lagian ini waktunya mepet banget, ya. Rafael aja baru latihan seminggu ini, kok udah tanding aja. Memang anak-anak sudah layak untuk tanding, ya?" Bunda Rafael ikut nimbrung.

Aku hanya menjawab dengan emoji. Terus terang, begitu mendengar kata tanding, semangat 45 Azzam jadi berkobar. Latihan seminggu lima kali dan setiap pertemuan hampir tiga sampai tiga setengah jam dijalaninya dengan semangat. Aneh saya juga. Itu anak tidak ada capeknya. Sebenarnya tidak mepet, sih, jauh-jauh hari tepatnya sebelum bulan Ramadan pun sudah diberitahukan bahwa akan ada tanding. Hanya dari segi persiapan, atlet sendiri yang terlalu mepet untuk tanding itu.

Pada 3 Juni 2023 bertempat di GOR LAGA Tangkas Pakansari Cibinong Bogor, sedang berlangsung SPARTAN *Championship* Taekwondo 2023 Piala KEMENPORA. Atlet-atlet taekwondo dari lima provinsi memenuhi GOR LAGA TANGKAS yang sudah biasa digunakan untuk kegiatan-kegiatan dan pertandingan olahraga nasional.

GOR LAGA TANGKAS yang berdekatan dengan LAGA SATRIA dan berseberangan dengan stadion PAKANSARI itu sudah dipenuhi oleh ribuan atlet sejak dari mulai pagi. Apalagi yang berasal dari luar kota menggunakan bis dan sarana angkutan umum lainnya sudah sejak dini meramaikan gedung yang dominan berwarna biru dan putih berbentuk bulat. Tak terkecuali aku dan anakku, Azzam, yang datang menggunakan aplikasi grab. Sebenarnya aku sendiri khawatir kalau anakku tidak bisa tanding dalam kondisi yang fit. Tadi saja, setelah salat subuh aku berkali-kali meyakinkan dia apakah benar mau turun atau mundur saja.

"Sayang kenapa, Mah, kita udah bayar, udah beli *shield* segala!" Ujarnya sambil mengisi tempat minum, doboknya sengaja dilipat dan dari rumah ia hanya mengenakan *t-shirt* plus jaket dan topi.

Beberapa peralatan lain seperti *pyong yo/ target, kicking /puching pad* dan *sand sack* sudah terlebih dahulu dikumpulkan di grup dan ada beberapa orang tua atlet yang bertanggung jawab untuk peralatan ini. Taekwondo olahraga bela diri yang berasal dari Korea Selatan itu memang menekankan tendangan kaki yang tinggi dan teknik yang cepat.

Secara fisik taekwondo mengembangkan kekuatan kecepatan, keseimbangan, fleksibilitas dan stamina. Bahkan ada juga yang menerjemahkannya sebagai seni tangan dan kaki atau gabungan dari teknik perkelahian, beladiri, olahraga, olah tubuh, hiburan dan filsafat. Banyak sekali filosofi-filosofi yang kita temukan dalam seni tendangan (*chagi*) maupun dalam istilah-istilah *dobok* (seragam) dan ikat pinggang (*dhee*).

Penggunaan sabuk pun sesuai dengan tingkatan dan arti dari warna yang dikenakan para *taekwondoin*. Biasanya tingkatan sabuk ada 2, yaitu:

1. Sabuk berwarna (sistem junior/Geup)
2. Sabuk hitam (sistem senior/Dan)

"Ya kalau uang pendaftaran tak mungkin kembali lagi, tapi *shield* dan peralatan lain masih bisa dipakai buat nanti. Masalahnya, Aa' kuat nggak?" Aku menatap wajahnya yang masih pucat, keringat dingin membasahi tubuhnya dan sesekali diselingi batuk.

"Mamah tinggal bilang *Sabeum* Joko kalau Aa' tidak jadi tanding!" lanjutku.

"Ikutlah! Aa' kuat kok!" Ia memasukkan *dobok*-nya.

"*Beum*, bagaimana ini?" Aku mendekati *Sabeum* Joko yang tengah berbincang dengan *Sabeum* yang lain dan beberapa *Sabeum* Nim mungkin menyangkut masalah strategi atau entahlah karena mereka tampak serius.

Ia memintaku untuk menunggu sebentar. Setelah memisahkan dirinya dari *Sabeum* Nim tersebut, beliau mendekati Azzam yang tengah bersandar di kursi tribun. Keringat dingin membasahi tubuh kecilnya diselingi dengan batuk-batuk.

"Sejak kapan panasnya, Bun?" Ia meminta Bunda Chiko yang kebetulan memegang perlengkapan P3K untuk segera memberikan obat penurun panas yang memang selalu disediakan untuk jaga-jaga bila diperlukan.

"Sejak *sparing* dengan Chiko, Beum! Hari Rabu. Waktu aku *chat* malam-malam itu!" Aku mengambil beberapa lembar tisu lalu menghapus keringat Azzam.

"Sepertinya ia kena tendang Chiko cukup keras, tulang keringnya sampai biru-biru begitu dan saya yakin bahwa memang demamnya dari situ!"

"Nggk papa, Bun! Kak Azzamnya belum biasa saja. Nanti juga pulih. Sudah makan, kan, Bun?"

"Sudah, Beum, sedikit. Katanya nggak enak makannya. Pahit!

"Paksain, ya, Kak! Mau nggak mau harus itu! Kalau kita nggak makan, dari mana dapat tenaga untuk tanding? Kakak juga kan sekarang seorang atlet. Jadi mulai dari sekarang harus membiasakan diri pola makannya yang sehat ya, Kak! Jangan kebanyakan jajan di luar dan hindari minum es!" Ia memberikan Azzam sesendok takar penurun panas.

Dalam hati aku mengomel kalau anakku itu sehari bisa dua sampai tiga kali jika minum es. Es seduh itu. Belum lagi minuman dingin dalam kemasan gelas. Duh, aku sampai takut melihatnya. Sesudah makan atau jajan sesuatu, mesti minumnya es. Fakta membuktikan kalau es itu tidak baik untuk dikonsumsi. Selain mempengaruhi kadar energi dalam tubuh, minum es juga menyebabkan sakit tenggorokan dan memperlambat detak jantung.

Hari baru setengahnya bergulir, dan belum ada tanda-tanda kapan Azzam akan mulai bertanding. Lapangan untuk tanding Azzam masih dipakai untuk *Poomsae* dan itu berjumlah ratusan atlet. Bayangkan saja dari lima provinsi kalau tidak salah, Jabar, Banten, Jateng, Jatim, Tangsel dan DKI.

Pertandingan yang biasanya berlangsung selama dua atau tiga hari, kali ini panitia hanya memiliki satu hari saja untuk sejumlah itu. Lapangan yang luas pun dibagi menjadi enam lapangan semi luas, dan masing-masing dipakai untuk tanding *kyorugi*. Kebetulan lapangan E yaitu lapangan untuk nanti AZZAM tanding dipakai pula buat *poomsae* itu. Akibatnya ya, tanding kyorugi di bagian tersebut harus menunggu *poomsae* tuntas dahulu.

*Poomsae* atau rangkaian jurus adalah teknik gerakan dasar serangan dan pertahanan diri. Termasuk hal yang penting juga dari olahraga taekwondo. Pola taekwondo (*poomsae*) termasuk serangkaian gerakan yang dihubungkan bersama dalam urutan yang ditentukan, sedangkan yang Azzam ikuti adalah *kyorugi*, yaitu latihan yang mengaplikasikan teknik di mana dua orang yang bertarung saling mempraktikkan teknik serangan dan teknik pertahanan kaki.

Adapun teknik-teknik dasar taekwondo meliputi:

Kuda-kuda
Teknik pukulan (*jireugi*)
Teknik tendangan (*chagi*)
Teknik tangkisan (*makki*)
Teknik sabetan (*chigi*)
Pola (*poomsae*)

Selepas magrib, kondisi di dalam lapangan dan tribun penonton mulai kondusif, tidak terlalu padat karena sebagian atlet yang sudah tanding mulai berangsur pulang dan aku melihat kalau di lapangan E hanya tinggal beberapa puluh orang atlet saja yang mengikuti *poomsae* untuk kategori beregu. Tentu saja hal tersebut akan lebih cepat tuntas.

Beberapa atlet taekwondo *star warriors* (klub Azzam) yang akan turun di antaranya Clarissa Putri, Siti Fatimah, Dika dan Lintang di kategori junior, Haneen dan Rafael pra *cadet* dan anakku sendiri, Azzam di *cadet*. Semua atlet *taekwondoin* tersebut mendapatkan pengarahan dari Sabeum Joko dan *warming up* sebentar oleh *Seonbae*/ senior Kak Bagas hanya untuk sekedar melemaskan otot-otot saja.

Setelah memakai peralatan lengkap, mereka bertujuh mengikuti *Sabeum* Joko dan *Seonbae* Bagas memasuki arena lewat lorong khusus atlet. Aku sendiri dengan perasaan was-was melihat dari tribun penonton bersama orang tua atlet yang lainnya. Mereka yang lebih berpengalaman ikut tanding menenangkan aku yang tampak gelisah dan mondar-mandir tak enak hati.

Gelisahku bukan karena tentang kalah dan menang, melainkan lebih ke kondisi fisik Azzam.

"Tuhan ... Lindungi anakku! Berikan yang terbaik. Apa pun itu!" Aku berdoa lirih di antara teriakan para atlet yang tengah bertarung dan yel -yel penyemangat dari *supporter*.

Setengah jam kemudian, tubuh kurus itu memasuki arena, setelah mengenakkan *shield* (pelindung gigi), helm, merekatkan lagi *hugo/body protector* atau pelindung dada agar tepat di tubuh dan mendapatkan arahan dari *Seonbae* Kak

Mimir, anakku lantas mendekati wasit dan *kyungrye* sama lawan. Setelah aba-aba sijak, aku lihat mereka memasang *seogi*. Baru beberapa detik, sebuah *eolgol jireugi* lawan mengenai kepala anakku dan membuatnya terhuyung hingga terjerembab.

Aku refleks menjerit sambil menutup mata. Azzam berdiri lagi dan mulai menyerang, tapi lagi-lagi lawan dengan mudah berkelit dan balas menendang. Beberapa tendangan telak mengenai bagian kepala dan dada Azzam. Meskipun ia berusaha membalas, tubuh kecilnya tak mampu mengimbangi lawan yang sudah bersabuk hijau dan menguasai teknik tanding yang luar biasa.

Aku menahan napas waktu ia tertatih-tatih menyerang dan berkelit. Namun dengan mudahnya permainan bisa dibaca lawan, bahkan *pyojeok jireugi* lawan berhasil menyudahi ronde satu.

*Joon Di*, Azzam menuju *belci ki manisi* dan minum beberapa teguk sambil membetulkan helm dan memasang *shield* lagi. Sebenarnya dilihat dari kondisi sebelumnya, anakku sudah agak rileks dan mulai bisa menguasai arena, tetapi karena terus-menerus mendapatkan serangan dan tidak bisa memasukkan *point* karena menghindar, akhirnya begitulah terus hingga pertandingan usai di ronde ke 2. Dengan mata perih aku melihat anakku kalah telak 2-0.

"Memang lawannya tidak seimbang, Bun. Dia sudah biasa tanding. Jam terbangnya sudah banyak!" Suara Ayahnya menenangkan.

Beliau yang memang paham betul tentang seluk-beluk taekwondo selalu menjadi tempat curhat jikalau aku tanya-

tanya tentang Azzam. Dari beliau juga aku jadi tahu jika panitia tidak akan memeriksa seberapa jauh atlet sudah pernah tanding. Mereka hanya memeriksa tinggi dan berat badan atlet saja.

Begitulah peraturannya dalam setiap pertandingan. Kita tidak tahu lawan kita seperti apa, sudah sering tanding apa belum, dan intinya tinggi dan berat badan sesuai kategori, maka berlangsunglah sebuah pertandingan. Satu hal yang tidak berlaku adalah protes!

"Nggak apa-apa, Bu! Anak sudah mau turun saja itu sudah luar biasa. Seiring waktu dia juga akan bisa mengendalikan permainan, bisa mengontrol lawan dan tentu saja jam terbang tanding ikut mempengaruhi. Saya salut ini pertama kalinya Azzam tanding dalam keadaan tidak baik-baik juga!" Lanjutnya lagi.

Aku mengangguk, tapi tak ayal ada air mata yang jatuh juga. Aku kira semua orang tua akan mengalami hal yang sama seperti yang aku alami. Kecewa dan sakit hati, dan itu manusiawi.

"Mamah!" Suaranya lantang dari pintu tempat keluar masuk atlet. Tidak terbersit sedikit pun rasa kecewa dari wajahnya. Senyumnya terus merekah dari wajahnya yang lelah.

Aku jadi malu sendiri sudah mengondisikan Azzam begitu memprihatinkan. Ia berjalan gagah bersama *Seonbae-seonbae*-nya. Sebuah medali perunggu melingkar di lehernya. Aku menangis. Kupeluk ia dengan rasa yang sukar diungkapkan.

"Aa' hebat! Anak Mama jagoan! Coba Mama lihat medalinya? Waww berat sekali! Pasti ini bukan abal-abal. Ini asli, loh, A'!"

Azzam tersenyum dan menciumi medalinya. Lalu berpose dengan teman-temannya sambil berkali-kali memamerkan medali kebanggaannya. Demam dan batuknya hilang seketika berganti dengan tawa lepas khas anak-anak.

Aku tersenyum. Ada sebuah kebanggaan tersendiri. Ternyata untuk memperoleh sebuah karya, yang dihasilkan dari proses itu lebih tinggi nilainya dibandingkan dengan cuma-cuma atau instan. Sekecil apa pun yang diperoleh akan lebih bermakna jika kita berjuang sendiri. *Congrats* Azzam! []

Istilah:

Sabeum/ instruktur=pelatih taekwondo

Sabeum Nim = instruktur kepala

Seonbae = senior

Hubae= junior

Kyungrye= hormat

Sijak = mulai

Seogi= kuda-kuda

Pyojeok jireugi= pukulan yang mengarah pada sasaran

Eolgol jireugi= pukulan ke atas(pukulan mengarah ke kepala)

Shield= pelindung gigi

Dobok=seragam

Hugo/ body protector= pelindung dada

Pra cadet= kategori usia 8-11 tahun

Cadet= kategori usia 13-15 tahun
Junior= kategori usia 16-18 tahun
Joon Di= istirahat
Beici Ki = tempat istirahat

***Bogor, 8 Juni 2023***

**Imas Nuraeni** lahir di Garut 51 tahun silam atau tepatnya 1 Februari 1972. Menyukai Literasi sejak duduk di bangku SD dan baru terealisasi awal Maret 2021. Terlalu lama memang, dan ia menyebutnya telat puber. Di saat orang lain sudah menghasilkan puluhan karya, ia malah baru *on*. *No problem*, baginya menulis adalah rasa, di mana semuanya tercurah di situ.

Mulanya menulis adalah hobi di saat Imas sedang bete atau bingung mau melakukan apa, tetapi setelah nekad mengikuti *event* dan menghasilkan sebuah karya, ia jadi *enjoy*. Apalagi saat karyanya diapresiasi banyak orang, wah, luar biasa bangganya. Serasa jadi penulis beneran!

Ia akan tetap menulis sampai idenya tidak bisa lagi ditolerir.

# Sebuah Nama

HARYADI

Namaku Lasdi. Sebuah nama yang sederhana dan singkat ini sudah tak asing lagi bagi kalangan masyarakat, utamanya masyarakat yang tinggal di daerah Jawa. Apalagi masyarakat kampung seperti daerah tempat tinggalku, sebuah tempat tinggal yang masih asri dengan berbagai kearifan lokalnya. Tempat tinggal yang dari lahir sampai saat ini aku belum pernah berpindah kependudukan, walaupun aku sempat merantau ke Semarang dan Tangerang Banten.

Banyak nama panggilan untukku. Ada yang memanggil dengan nama lengkap, dan dengan sebutan di depannya. Sebutan tersebut sesuai dengan siapa yang memanggil. Jika yang memanggil aku lebih muda, maka ada yang memanggil dengan sebutan Pak, Pak dhe dan Mas. Namun, jika yang memanggil usianya lebih tua dariku, maka biasa dengan menyebut Om atau Pak Lik.

Beberapa panggilan namaku dengan menyebut Pak Lasdi, Pak Dhe Lasdi, Mas Lasdi, Om Lasdi atau Lik Lasdi. Tak luput pula memanggil namaku dengan panggilan tak lengkap misalnya, Pak Las, Pak Di, Mas Las, dan Lik Dhi. Pemanggilan namaku yang banyak itulah membuat namaku sangat familiar, ditambah aku yang suka bercanda dan bergurau.

Aku pernah mengira-ngira tentang arti namaku. Lasdi, berasal dari kata *Last* dalam bahasa Inggris yang berarti terakhir, dan di, yang berarti tempat. Sehingga aku otak-atik menjadi tempat terakhir. Arti kata ini seolah menguatkan dalam kehidupanku. Banyak orang yang berkeluh-kesah dan mencurahkan isi hati kepadaku. Seolah aku adalah tempat yang aman dan nyaman untuk semuanya. Heheheh ... tawaku kecil.

Lasdi, nama yang sederhana ini kutanyakan kepada orang tua. Apa sebenarnya makna dan arti namaku? Sebab, aku sangat penasaran dengan namaku, dan banyak orang bertanya tentang arti namaku, apalagi teman-teman sekolahku. Ditambah penasaran lagi, ada istilah orang Jawa *Asmo Kinaryo Jopo* (nama adalah doa). Penasaranku itu kemudian terungkap kecil saat malam Ramadan minggu ke tiga, tapi lupa malam hari apa aku berbincang sama simbokku.

Perbincangan kecilku dengan simbok di depan ruang sempit saat sambil melihat televisi selepas salat tarawih sambil menikmati singkong bakar kesukaanku. Pertanyaan itu aku sampaikan dengan bahasa Jawa yang halus sebagaimana orang timur masih kental dengan tata krama dan sopan santun,

"Mbok, kula badhe nderek tanglet sekedik saget?" (Bu,saya mau tanya sedikit bisa?)

*"Ana apa, Le?"* (ada apa, Nak?)

*"Oalah, kuwi to, Le?"* jawab simbok sambil menikmati sisa singkong bakar yang tinggal satu gigitan, selepas kukunyah dan kutelan, kemudian aku minum air putih yang kutuang dari kendi ke sebuah *cangkir blirik (gelas kecil dari bahan seng bercat hijau putih)*.

"Iya, Mbok," jawabku.

Kemudian simbok mengambil gelas besar berisi teh tubruk, beberapa kali meneguk dan menanggapi pertanyanku sambil duduk di kursi rotan.

"Ngene lho, Le, jeneng Lasdi kuwi wis ora aneh lan umum ning sak kiwo tengene lingkungan kene. Ananging sak deso kene durung ono sak liyane kuwi jenengmu kuwi due sejarah sing bedo, jaman kowe arep lair aku lan bapakmu lagi prihatin. Kahanan ora nyekel duit, bebasan beras wae sak las oraa duwe. Soko kahanan ora duwe beras sak las kui mau dadi jenengmu, Le." (Begini lho, Nak. Nama Lasdi itu bukan nama aneh dan sudah umum di lingkungan masyarakat sini, tetapi satu kampung sini belum ada. Selain itu, namamu itu ada sejarah yang lian, pada waktu menjelang kelahiranmu, aku dan bapakmu lagi prihatin. Kondisi tidak punya uang, ibaratnya beras satu bulir saja tak punya. Dari keadaan tidak punya beras satu bulir (sak Las) itu tadi terbesit namamu, Nak).

Sambil menghela napas beberapa kali, simbok melanjutkan kisahnya.

"Simbok lan bapakmu, duwe pengarep-arep muga-muga, kanthi jeneng kuwi mau biso dadi semangat anggone nglakoni urip lan kabeh mau aku syukur wae, Le, lairmu, aku lan kowe sehat nganti seprene." (Ibu dan bapakmu punya harapan dan cita-cita besar dengan nama itu tadi. Menjadi penyemangat dalam menjalani hidup. Aku bersyukur saja, Nak, kelahiranmu, dan dirimu sehat sampai saat ini.

*"Njih mbok, mugi-mugi dados doa ingkang* ijabah." (Iya Mbok, semoga menjadi doa yang ijabah/terkabul). Timpalku

kepada simbok sambil menengadahkan tangan tanpa diberi aba-aba kami berdua pun mengamini bersama. []

**Haryadi**, Lahir di Boyolali, 23 Juli 1981 beralamat di Kembangsawit RT 06/01 Tempursari Sambi, Boyolali. Belajar dan makan mie adalah kesukaan yang sampai saat ini belum pernah ada kata bosan. Saat ini diamanati sebagai Kepala Sekolah SD Muhammadiyah Program Kususs Sambi yang biasa disingkat dengan SD Mukassa.

Buku solo penulis berjudul *Dendang Surga: Sehimpun Pantun Nasehat, Kepak Sayap Pendidikan Karakter*". Buku Antologinya berjudul *Berguru pada Murid, 101 Cara Mengembangkan AUM, Sebuah Refleksi dan Solusi*, dan *Ceritaku tentang Kehidupan* (Antologi Puisi Penulis se-Indonesia).

www.ingramcontent.com/pod-product-compliance
Lightning Source LLC
LaVergne TN
LVHW100251051026
849517LV00006B/2049

* 9 7 9 8 2 2 3 6 9 1 3 0 3 *